魔術探偵・時崎狂三の事件簿

橘 公司

ファンタジア文庫

3348

口絵・本文イラスト　つなこ

この世界には、常識では測れない不可思議な事件が存在する。

——それは、魔術工芸品《アーティファクト》の仕業ですわ。

The artifact crime files
kurumi tokisaki

Case File I

もしも探偵さんならば、こんなとき、こう言うのかもしれませんわね

狂三ディテクティブ

「──卑劣なる犯人は、脅迫状にこうしためました。今宵《こよい》、この屋敷《やしき》にて惨劇が起こる、と──」

広い邸宅の中。ホールの中央に立った男が、高らかに声を上げていた。

三〇代半ばくらいの、背の高い男である。顔の造作は整っているのだが、鹿撃ち帽とコート、そして手にした古めかしいパイプが、その雰囲気を胡乱《うろん》なものに変貌させていた。

「ですがご安心ください！　この名探偵・伊丹貞義《いたみさだよし》がいる限り、決して犯人の好きにはさせません！」

全身で、己が『探偵』であることを主張しているかのような男──伊丹は、両手を広げながら高らかにそう言った。

それを受けてか、ホールにパチパチという拍手が鳴り響く。

「…………」

時崎狂三《ときさきくるみ》は、ホールの隅で頬に汗を垂らしながら、そんな光景を眺めていた。

……まるで演劇のワンシーンでも見ているかのような気分である。いや、そう言ってしまっては劇作家に悪いか。今時あんなにも探偵探偵した姿の探偵は、フィクションの中にもそうは存在するまい。

とはいえ、これは紛れもない現実であった。少なくとも、この屋敷に不審な手紙が届き、屋敷の主人の依頼で探偵が招聘《しょうへい》された――という点に関しては。

主人が騙《だま》されているのでなければ、彼は紛れもなく探偵なのだろう。それも、このような場に招かれるということは、それなりに主人から信頼を得ていると考えられる。

まあ、だからといって胡散臭《うさんくさ》さが軽減されるというわけではなかったけれど――

「――っ⁉」

瞬間。狂三は、小さく息を詰まらせた。

否《いな》、狂三だけではない。ホールにいる者全員が、彼女と同じような反応を示していた。

けれど、それも無理からぬことだろう。

何しろ――

「……ぐ、あ……っ――」

皆の視線が集まる中、突然探偵の胸が弾《はじ》け、血が噴き出したのだから。

「――きゃぁぁぁぁぁぁぁぁっ⁉」

「じ、銃撃⁉　一体どこから⁉」

「危険です！　皆さん身を低くしてテーブルの陰に！」

一拍遅れて、ホール内が騒然となる。悲鳴と怒号が飛び交い、そこに激しい足音やテーブルをひっくり返す音、グラスが割れる音などが混じる。

そんな中。

「な……まさか、本当に――」

力なくくずおれる探偵の姿を見ながら、狂三は呆然《ぼうぜん》とその場に立ち尽くしていた。

そしてその唇から、微《かす》かに声が漏れる。

「魔弾の――射手……」

狂三の小さな呟《つぶや》きは、誰に聞かれることもなく、騒音の中に呑《の》み込まれていった。

◇

ことの始まりは三日前の昼であった。

「――あなたが時崎狂三さんですわね！」

狂三が彩戸《さいと》大学のキャンパスを歩いていると、不意に後方から、やたらとテンションの高い声がかけられた。

聞き覚えのない声である。不思議に思ってちらと後方を見やると、そこに一人の少女が立っていることがわかった。

「………」

それを見て、狂三は一瞬身体《からだ》の動きを止めた。

だがそれも当然だ。何しろそこにいたのは、長い髪を見事な縦ロールにセットし、キャンパスライフに向きそうもないドレスを身に纏《まと》った、絵に描いたようなご令嬢だったのだから。

しかも左手を腰に当て、右手を狂三の方に伸ばすという、なんとも優雅な立ち姿である。堂に入りすぎていて、ちょっと胡散臭ささえあった。

狂三は数瞬の間考えを巡らせたが……

「人違いですわ」

関わり合いにならない方がいいと判断し、にこやかにそう言って、歩みを再開した。

「ちょ、ちょ、ちょ……！」

が、少女は諦めなかった。慌てた様子でスカートの裾を揺らし、狂三の前に回り込んでくる。

「お待ちくださいまし！　おとぼけになっても無駄ですわよ！　調べはついておりますわ！　彩戸大学一年生、時崎狂三さん！」

「……、あなたは？」

どうやら誤魔化すのは難しいようだ。これ以上叫ばれて注目を集めてしまうのも望ましくない。狂三はため息交じりにそう問うた。

すると少女は満足げに首肯し、ビッとポーズを決めてみせた。

「あたくしは栖空辺《すからべ》茉莉花《まつりか》！　あなたと同じ一年生ですわ！　以後お見知りおきくださいまし！」

「それで、その茉莉花さんが一体何のご用でして？」

「よく聞いてくれましたわ！　あなたにお願いしたいことがありますの！」

狂三が問うと、茉莉花は途端に調子を取り戻し、懐《ふところ》から封筒のようなものを取り出した。

「それは？」

「先日我が家に届いた謎の脅迫状ですわ！」

「…………はい？」

脈絡がなさ過ぎるキーワードに、狂三は思わず目を点にした。

しかし茉莉花はまったく気にする素振りも見せず、言葉を続けてくる。

「こんなものを出した犯人が誰なのか、調査していただきたいのですわ！　もちろんタダとは申しません！　十分なお礼をご用意して――」

「勝手に話を進めないでくださいまし。一体なぜ、わたくしがそんなことを？　警察か探偵さんにでも依頼すればよいのでは？」

「警察にはとうに通報済みですし、お父様のお知り合いの探偵さんも調査に乗り出していますわ！」

「……では、それでいいではありませんの」

「あたくしも何かしたいではありませんの！」

狂三は軽い頭痛を覚えながら、なんとか言葉を続けた。

「……あなたの思考回路はまったく理解できませんけれど、話はわかりましたわ。しかし、脅迫状とやらの調査をしたいとして、なぜわたくしに？」

「とある方からの紹介ですわ！」

「とある方？」

「クールな才媛——とだけ申しておきますわ！」

「………………」

その表現でパッと思い浮かぶのは、同級生の鳶一折紙《とびいちおりがみ》だった。

大方、最初は彩戸大学始まって以来の秀才と謳《うた》われた折紙に相談に行ったが、断られてたらい回しにされたというところだろう。

「まったく……面倒事を寄越してくださいますわね」

「でもその方は、脅迫状を見るなり、これは時崎狂三さんの領分だ、と仰《おっしゃ》られましたわ！」

「わたくしの領分……？」

狂三は微かに眉根を寄せた。茉莉花の対応が面倒になったとはいえ、彼女が何の意味もなくそんなことを言うとも思えなかったのである。

「──その脅迫状、見せていただけまして？」

「もちろんですわ！」

茉莉花は大仰にうなずくと、その封筒を手渡してきた。

狂三は矯《た》めつ眇《すが》めつ封筒を眺め回したのち、中に入っていた手紙を取り出し、その紙面に視線を落とした。

『五月一八日。

栖空辺邸《てい》にて惨劇が起こる。

魔弾の射手』

そこには、味気ない印字でそう記されていた。

別に文の内容に見るべきところはない。脅迫かどうかも定《さだ》かではない、ただ意味深に見せただけの文章だ。

けれど、その手紙の送り主と思《おぼ》しき名前だけが、妙に気にかかった。

「魔弾の射手――」

「ええ。ウェーバーですわね。――はっ、まさか犯人はオペラ好きですの⁉」

茉莉花が何かに気づいたようにハッと肩を揺らす。

確かに『魔弾の射手』といえば、ドイツの作曲家、カール・マリア・フォン・ウェーバーのオペラだ。気取り屋の犯人がそこから名を取ったと考えるのが自然だろう。

しかしその名を目にした瞬間、狂三の脳裏を過《よぎ》ったのは、別の事柄だった。

「……まさか――とは思いますけれど」

「？　どうかしましたの？」

急に考え込んだ狂三を不思議に思ってか、茉莉花が首を傾《かし》げてくる。

――荒唐無稽な話だ。偶然の符合に違いない。

けれど、なぜだろうか。狂三の胸の奥に生じた微かなざわめきが、首を横に振ることを許さなかった。

「……お受けいたしますわ」

「えっ？」

「お受けする、と言ったのですわ。詳しい話を聞かせてくださいまし」

「――！　本当ですの⁉」

狂三《くるみ》の言葉に、茉莉花はパァッと顔を明るくし、勢いよく手を握ってきた。

「ああっ、感激ですわ！　やはり闇を払うのは、知性と慈愛と、ほんの少しの暴力ですのね！」

その圧の強さに、早くも依頼を受けたことを後悔しそうになる狂三ではあったけれど……まあ乗りかかった船だ。仕方あるまい。やれやれと息を吐きながら肩をすくめる。

「――ところで、先ほどから気になっておりましたけれど、なんですのその口調。如何《いか》に良家のご令嬢でも、今日日《きょうび》そんな喋《しゃべ》り方はいたしませんわよ」

「⁉　あなたにだけは言われたくないですわー⁉」

狂三が半眼を作りながら言うと、茉莉花は納得いかないといった調子で大声を上げた。

「…………」

◇

探偵狙撃事件の少しあと。

栖空辺邸別館の一室で椅子に腰掛けながら、狂三は考えを巡らせていた。

——衆人環視の中で、ホールの中央に立っていた探偵が銃撃された。シンプルに言えば、起こったことはそれだけだ。ホールには警察官もいれば、屋敷《やしき》のボディガードもいた。狙撃が可能な場所も限られている。犯人はすぐに見つかるだろう。

しかしなぜだろうか。何かがずっと、頭の中に引っかかっていたのである。あごを撫《な》でながら、さらに思考を巡らせる。

まあ、とはいえ——

「あわわわわ……！　い、いかがいたしましょう、いかがいたしましょう！　あたくしのおうちで大事件が起こってしまいましたわーっ！」

今狂三がいる場所が、考えごとをするのに向く場所かと言われれば、決してそんなことはなかったのだけれど。

目を泳がせまくった茉莉花が、両手を戦慄《わなな》かせながら叫びを上げている。狂三は小さくため息を吐《つ》きながらそちらを見やった。

「少し落ち着いてくださいまし、茉莉花さん」

「目の前で人が撃たれているのに、落ち着いてなどいられませんわっ！　むしろ狂三さんはなんでそんなに落ち着いていらっしゃるんですの⁉」

「慣れているもので」

「へっ？」

「なんでもありませんわ」

狂三は誤魔化すように言うと、改めて部屋の中を見回した。

ここには今、あのとき事件現場であるホールにいた人間が集められていた。

茉莉花の父と母、屋敷の使用人が四名、ボディガードが二名。それに狂三と茉莉花を合わせた一〇名である。一緒にいた警察官は、今ホールで現場検証に立ち会っているようだ。

狙撃の危険がある以上あの場所に残り続けるわけにはいかなかったが、ここにいる全員が重要参考人であるため放っておくわけにもいかない――ということで、ボディチェックを済ませた上で、こうして別館の部屋に押し込められていたのである。まあ、部屋には十分な広さがある上設備も整っていたので、居心地は決して悪くなかったのだけれど。

だがだからといって、ゆったりくつろげるというわけでもないらしい。茉莉花のように叫びこそしていなかったものの、皆大なり小なり動揺しているようだった。

「……『魔弾』――」

狂三はぽつりと呟《つぶや》いた。

謎の手紙だけならばまだしも、銃撃事件まで起こってしまった。普通に考えれば、警察に任せておいた方がいいだろう。

だが、『魔弾の射手』を名乗る者からの手紙が届いた上で起こった謎の銃撃事件という符合が、狂三の胸をざわつかせてならなかったのである。

「──茉莉花さん」

狂三は意を決すると、茉莉花の名を呼んだ。

「は、はい？　なんですの？」

「あなた、仰いましたわね。手紙を出した犯人を、わたくしに突き止めてほしいと」

「え、ええ。言いましたけれど……」

茉莉花が額に汗を滲《にじ》ませながら返してくる。狂三は小さく息を吐くと、椅子から立ち上がった。

「本来こういったことは探偵さんのお仕事なのでしょうけれど……いなくなってしまわれた以上仕方ありません。──不肖この時崎《ときさき》狂三が、謎を解いて差し上げますわ」

狂三は茉莉花を連れて別館を出ると、現場となったホールがある本館へと足を運んだ。

ホールの入り口には刑事ドラマでよく見るような黄色いテープが張り巡らせてあり、数名の刑事や警官の姿が見受けられた。

狂三と茉莉花《まつりか》がホールの中を覗《のぞ》き込むように顔を出すと、それに気づいてか、季節外れのロングコートを纏《まと》った初老の男が早足で歩み寄ってきた。

「ちょっとちょっと。何してんだ。君、確かホールにいた子だな？」

「ええ、時崎狂三と申しますわ。よろしければ、少し現場を見せていただきたいのですけれど」

狂三が言うと、男は眉根を寄せながら返してきた。

「何言ってんだ。駄目に決まってんだろ。あとで話を聞かせてもらうから、しばらく待っててて――」

「――あら、いいではないですの佐田《さだ》のおじさま」

「……っ!?」

が、狂三の背後から茉莉花がひょこっと顔を出した瞬間、男――佐田という名らしい――の顔色が一変した。

「ま、茉莉花お嬢さん……！」

「狂三さんはあたくしが連れてきた探偵さんですのよ。きっとお役に立ってくれますわ」

「……探偵、多くないですか？」

佐田が至極もっともな突っ込みを入れるも、茉莉花は特に気にしていないようだった。

「探偵さんは一人に一人の時代ですわ！」

「は、はあ……ですが、まだ犯人がどこかに潜んでいるかもしれないわけで、お嬢さん方を危険に晒《さら》すわけには……」

「あら、優秀な刑事さんたちがこれだけいらっしゃれば大丈夫ですわよ」

「し、しかしですね……」

「駄目ですの……？」

茉莉花が甘えるような調子で言う。

佐田はしばしの間困惑するような表情を作っていたが、やがて観念したように息を吐いた。

「……特別ですよ。こっちの目の届かないところには行かないこと。それと、現場のものには勝手に触らないこと」

「もちろんですわ！　ねえ、狂三さん！」

「ええ、ええ。承知いたしましたわ」

狂三はうなずきながら言うと、茉莉花を連れて事件現場のホールへと足を踏み入れた。

そのあとを、やれやれといった様子で佐田がついてくる。

「……にしても茉莉花さん。よく現場に入れてもらえましたわね」

「おーほほほ！　持つべきものは太い実家ですわー！」

狂三の問いに、茉莉花が高らかな笑い声を上げながら答えてくる。先ほどまで借りてきたチワワのように震えていたのだが、だいぶ調子が戻ってきたようである。

なんだか階級社会の闇を垣間見《かいまみ》てしまったような気がしないでもないが、現場を調べられるのは僥倖《ぎょうこう》である。とりあえずこの場は余計なことを言うまいと心に決め、歩みを進めていく。

探偵が狙撃されたホール中央の床には、赤い花が咲くかのように、夥《おびただ》しい血の跡が広がっていた。

「ふむ……」

狂三は小さく唸《うな》ると、数時間前の記憶を思い起こしながら、その血の跡の周囲をぐるりと巡った。

「佐田さん――と仰《おっしゃ》いましたわね。探偵さんの容態はいかがですの？」

「ん？　ああ……詳細は病院からの連絡待ちだが、一命は取り留めたみたいだ」

「それは何よりですわ。しかし……奇妙ですわね。被害者が屋敷の関係者ではなく、偶然呼ばれていた探偵さんだなんて。犯人は無差別に標的を定めたということですの？」

「それは現在調査中だ」

「ふむ――にしても不幸中の幸いでしたわね。わたくしの目には、正確に胸を撃ち抜かれたように見えたのですけれど」

「ああ、それなんだが……」

佐田が、引っかかっていることがある、というような顔をする。

「何か気になることがございまして？」

「ございまして？」

狂三の言葉に重ねるように茉莉花が言うと、佐田は渋々言葉を続けてきた。

「犯行に使われた銃弾がな……ちょっと変わってるんだよ」

「どのようにですの？」

「お嬢さん方に言ってもわからんかもしれんが……現在一般的に使われてるようなものじゃなかったんだよ。いわゆる鉛玉ってやつだ。骨董品《こっとう》もいいとこだな」

「つまり犯行に使われた銃は、旧式の先込め銃のようなもの、ということでして？」

狂三が言うと、佐田は驚いたように目を丸くした。

「なんだ、やけに詳しいな」

「乙女の嗜《たしな》みですわ」

狂三《くるみ》は肩をすくめながらそう言って——ぴくりと眉を揺らした。

「ちょっと待ってくださいまし。もし犯行に使われた銃と弾が旧式のものだとするなら、あのとき、なければならないものがあったはずですわ」

「なければならないもの……？」

茉莉花が不思議そうに首を傾《かし》げてくる。狂三は首肯とともに続けた。

「ええ。——銃声ですわ」

「ああ……言われてみれば。確かにあのとき、そういう音は聞こえませんでしたわね」

「なんですって？」

狂三と茉莉花の言葉に、佐田が眉根を寄せる。

「銃声が……しなかった？　他の音に紛れていたとかじゃあなく？」

「ええ。信じられないのであれば他の方にも聞いてみてくださいまし。てっきりサイレンサーか何かを使用したのだと思っていましたけれど……先込め銃に取り付けられるサイレンサーなんて、聞いたこともありませんわね」

「ということは……どういうことですの？」

「そもそも銃が使用されなかったか——音が聞こえないくらい離れた距離から撃った、ということですわ」

「なるほど！　さすがですわ狂三さん！」

茉莉花がパン、と手を打ち鳴らしながら声を弾ませる。

が、狂三と佐田が難しげな顔をしていることに気づいたのだろう。そろそろと手を下ろし、首を傾げてきた。

「あの……何かおかしなことがありますの？」

「……ええ」

茉莉花の疑問に答えたのは佐田だった。眉の間に深い皺《しわ》を刻みながら、続ける。

「当然ですが、銃を使わず弾を撃つのは困難です。スリングショットのようなものを使えば射出することくらいはできるでしょうが、銃ほど威力は出ません」

「ふむふむ」

「そして、弾が発射されたと思《おぼ》しき方向を調べましたが、屋敷《やしき》の外から狙撃できるような場所はありませんでした。それに、割れた窓や、弾痕なども発見されていません。屋敷は厳戒態勢中で、何者かが外部から侵入した痕跡もなければ、屋敷内にも現状、怪しい人物は見つかっていません。もちろん、自動で弾を撃つような仕掛けもです」

「ということは、つまり……」

茉莉花は、意味深にあごを撫《な》でたあと、渋面を作った。

「……どういうことですの？」

「外からの狙撃という可能性は低く、ホール内にいた方々が銃を撃ったということも考えにくく、謎の人物が潜んでいたわけでもない、ということですわ」

「なるほど！　さすがですわ狂三さん！」

茉莉花が先ほどと同じように手を打ち鳴らす。

だが、さすがに狂三の言葉が意味するところに気づいたらしい。すぐにたらりと汗を垂らした。

「……それって、誰にも犯行は不可能だった、ということですの？」

「端的に言うと、そういうことになりますわね」

狂三が目を伏せながら言うと、茉莉花は「えぇー……？」と腕組みしながら身を捩《よじ》るように首を傾げた。

そう。普通に考えればあり得ない。いわゆる不可能犯罪というやつだ。

しかし実際事件が起きている以上、誰かが何らかの方法でそれを為《な》したのは間違いなかった。

「『魔弾の射手』――」

狂三は、手紙に記されていた名を、ぽつりと呟《つぶや》いた。

「──わたくしの前でそのような名を名乗るなど、いい度胸ではありませんの」

──『魔弾』。

◇

ひとたび放たれれば、必ず目標に当たるという魔性の弾丸。

あらゆる障害物を避け、獲物がどれだけ逃げようとも、決して外れることはない。

ウェーバーのオペラ『魔弾の射手』においては、狩人《かりゅうど》が悪魔ザミエルにその製法を教わった、とされている。

無論普通に考えれば、そんなものは空想の世界の道具だ。

もしそうだったなら。もしこんなものがあれば。そんな人々の希望や妄想を、作曲家が形にしたものに過ぎない。

けれど──

「…………」

詮無い思考を巡らせながら、狂三は椅子に腰掛けていた。

栖空辺邸《すからべてい》別館の一室。先ほど皆と一緒に待機させられていた部屋の隣に位置する場所である。

狂三の隣には茉莉花《まつりか》が、そしてその前方には佐田《さだ》と屋敷の使用人が、向かい合うように腰掛けていた。

「──で、あなたは事件が起こったとき、ホールのどの位置で、何をしていたんですかな」

「は、はい。私はだいたいこの辺りで──」

と、佐田の質問に、緊張した様子で使用人が答えている。

そう。簡単にではあるが現場検証を終えた狂三と茉莉花は今、事件発生時ホールにいた者たちへの事情聴取に同席させてもらっていたのである。

普通であれば素人《しろうと》の大学生二人が事情聴取に同席するなどまずあり得ないのだが、ここでも茉莉花のおねだりは有効らしかった。まあ、聴取を受けるのが皆栖空辺家の関係者だったため、文句を付ける者がいなかったというのもあるかもしれなかったが。

「ふむふむ……その位置からでは犯行は無理そうですわね。──ね、狂三さん」

興味深げにうなずきながら、さらさらとメモを取っていた茉莉花が、不意に話しかけてくる。狂三は思わずビクッと肩を揺らしてしまった。

「狂三さん？　どうかされまして？」

「ああ──いえ。少し考えごとをしていたもので」

狂三はそう言うと、いつの間にか少し俯《うつむ》きがちになっていた顔を正面に戻した。

別に話を聞いていなかったというわけではないが、正直ホールの中にいた人間の行動を聞いたところで、そう大した情報が得られるとも思えなかったのである。

実際、佐田も似たような考えなのだろう。他に容疑者がいないものだから一応話を聞いているといった様子だ。茉莉花だけがテンション高く、一言一言にうなずきながら逐一メモを取っていた。

「犯行が起こった瞬間、銃声のようなものは聞こえましたか？」

「銃声……いえ、そういった音はしていなかったように思いますが……」

佐田から質問を受けた使用人が、眉を八の字にしながら答える。この証言は、他の九人も共通していた。

が、そこで、使用人が何かを思い出したように眉を揺らした。

「あの、銃声って、映画で聞くような、パン！　って音……ですよね？」

「ええ。要は火薬の炸裂《さくれつ》音ですからね。――まさか、何か心当たりが？」

「いえ……ただ、一昨日《おととい》くらいだったでしょうか……お掃除をしている最中に、かんしゃく玉が弾《はじ》けるような音がしたような気が……」

使用人の言葉に、微《かす》かに上体を前に傾けていた佐田が、小さく息を吐いた。

「一昨日……ですか。さすがに関係はなさそうですな」

「は、はあ……すみません」

使用人が恐縮するように肩をすぼめる。

佐田は「いえ」と言うと、質問を再開した。

そしてそれから幾度か問答を繰り返したあと、事情聴取が終わる。

「――え、ええと……こんなところかと思います」

「ご協力ありがとうございます。指示があるまで隣の部屋にいてくださいますか」

「は、はい……」

使用人が椅子から立ち上がり、ぺこりとお辞儀をしてから去っていく。

狂三と茉莉花の聴取は事前に行っていたので、これで犯行時ホールにいた人間全員の話を聞いたことになる。佐田は殴り書きのような文字が躍った手帳を見ながらポリポリと頭を掻《か》いた。

「まあ何となく予想はしてたが、怪しい動きをしていた人間はいない……か」

「ええ。もしあの場にいたどなたかが不審な行動を取っていたなら、わたくしが気づいているはずですし。少なくとも、銃の気配を見逃すほど、感覚を錆《さ》び付かせてはいないつもりでしてよ」

「戦場にでもいたのかよ」

狂三の発言を冗談と思ったのか、佐田が肩をすくめながら苦笑してくる。狂三は軽く微《ほ》笑《え》むと、「そんなところですわ」と返した。

と、狂三たちがそんな会話を交わしていると、不意に部屋の扉が開いて、一人の警察官が入ってきた。

「警部！　屋敷内を捜索していたところ、凶器と思われる銃を発見しました！」

『……！』

やや興奮気味な警察官の言葉に、狂三たちは目を見合わせた。

「どこだ。案内しろ」

「はい、こちらです！」

言って警察官と佐田が、早足で歩き出す。狂三と茉莉花も小さくうなずき合ったのち、そのあとを追った。警察官は一瞬驚いたような様子を見せたが、佐田が二人の同行に何も言わないからか、不思議そうにしながらも案内を続けた。

一行は本館に入ると、そのまま二階に上がり、長い廊下を渡って、その最奥《さいおう》に位置する部屋へと辿《たど》り着いた。

どうやらそこは物置のような場所らしかった。高そうな調度品などが置かれているものの、使用を目的とした配置ではなく、ただ部屋の端から並べただけ、といった感がある。

そしてその奥の壁に、精緻な細工の施されたマスケット銃が二挺《にちょう》、銃身を交差させるような形で飾られていた。

「これが?」

「はい。右側の銃に、最近使用された痕跡が発見されました。指紋は検出されていませんん」

「なるほどな……」

佐田はあごを撫でながら、今し方入ってきた扉の方を見やった。

「犯人はこの銃を持ち出し、あるいは事前にどこかに隠しておいて、探偵を狙撃した。そしてそののち、混乱に乗じてこの部屋に銃を戻した――ということか」

しかし狂三《くるみ》は、目を細めながら腕組みした。

「随分と無駄の多い行動ですわね」

「犯人が必ずしも効率的な行動を取れてたって保証はないだろう。それとも、何か他にもっと上手《うま》い方法があるってのかい?」

佐田が眉根を寄せながら言ってくる。

「そうですわね――」

狂三は右手を銃に見立てるように、人差し指と親指を立てると、その先端を廊下の方に向けてみせた。

「たとえばですけれど、この部屋から直接、ホールにいる探偵さんを撃った――というのはいかがでして？」

「なんだって？」

狂三の言葉に、佐田が渋面を作った。

「馬鹿言うな。この部屋からホールまで、どれだけ離れてると思ってるんだ。当然のことだが、銃弾ってのは真《ま》っ直《す》ぐにしか飛ばない。曲がりくねった廊下に、何枚もの壁。そんなものに阻《はば》まれた相手に当たる弾があってたまるかってんだ」

「…………」

狂三はしばしの間無言になったのち、ふうと息を吐いた。

「まあ、それもそうですわね」

狂三が言うと、佐田は「まったく……」と肩をすくめた。

するとそれに合わせるように、茉莉花がポン……と優しく狂三の肩に手を置いてくる。

「大丈夫ですわよ。乙女には誰しも、夢見がちな時期があるものですわ！」

「……ご配慮痛み入りますわ」

狂三の反応をどう受け取ったのか、茉莉花がにこやかに言ってくる。狂三は力なく苦笑した。

「──とにかく、この銃が犯行に使われたものだっていうなら、犯人が事件のあと、ここにやってきたってのは確かなわけだ。──お嬢さん、確かこの屋敷《やしき》には、防犯カメラが付いていましたね？」

「え？　ああ、はい。部屋の中はプライバシーがございますので、廊下部分だけですけれど……」

「十分です。──おい、事件発生から今までの記録を確認させてもらってこい！」

「はっ！」

佐田の指示に、警察官が大仰に敬礼をし、部屋を出ていった。

「──結局、事件発生時の映像には、何も映っていませんでしたわね……」

「そうですわね」

狂三は、残念そうな茉莉花の言葉に短く返すと、ふうと吐息した。

そう。あのあとすぐに防犯カメラの映像を確認したものの、犯人の姿は映っていなかったのである。

それも、件《くだん》の部屋の前の廊下はもちろん、他の場所にいたるまで、事件発生時に怪しい人物の姿はなかった。

結局、捜査は振り出し。佐田は難しげな顔で頭を掻きながら、再度現場の状況を洗うように部下に指示を出していた。

今狂三と茉莉花が歩いているのは、栖空辺邸《すからべてい》本館の外であった。一応、件の部屋を外側からも確認しておこうと、こうして二人で繰り出してきていたのである。

改めて外から見てみると、かなり大きな建物であるということがわかる。敷地《しきち》面積自体も広大で、まるで自然公園か、ちょっとした森といった様相だった。

「でも……わかりませんわ。犯行に使われたと思《おぼ》しき銃があの部屋にあったということは、佐田のおじさまの仰《おっしゃ》るとおり、事件後に犯人があの部屋を訪れたことは間違いないはずですわよね？　なのに、映像にそれらしき人物の姿はない……一体どういうことですの？」

狂三の隣を歩きながら、茉莉花が困惑するように言ってくる。狂三は歩調を保ったまま、ちらとそちらに目をやった。

「考えられる可能性はいくつかありますわ。——一つは、防犯カメラに映らないルートや、隠し通路などがあるケース」

「隠し通路……ですの？　あたくし、何年もここに住んでおりますけど、聞いたこともありませんわよ」

「あくまで可能性のお話ですわ。――もう一つは、あの銃は犯行には使われていなかった、というケース」

「……！　つまり、犯人が警察の目を惑わすために、故意に発砲の痕跡を残したということですの？」

「ええ。これ見よがしな偽《にせ》の証拠品を用意し、警察がそれを調べている間に本物の凶器を処分する……これが計画的犯行であれば、あり得ない話ではありませんわ。そしてもう一つは――」

「も、もう一つは……？」

茉莉花《まつりか》がゴクリと息を呑《の》みながら問うてくる。

狂三は肩をすくめながら続けた。

「――こちらの思いもよらないような方法であの銃を使ったというケースですわ」

「な、なるほど！」

茉莉花は目を見開きながらそう言ったが、やがてその言葉の意味するところに気づいたのだろう。たらりと頬に汗を垂らしてきた。

「……それって、何もわからないということではありませんの？」

「雅語《がご》で表現するとそういうことになるかもしれませんわね」

狂三は適当な調子でそう返すと、そのまま歩みを進めていった。

そしてどれくらい歩いた頃だろうか、狂三たちは、目的の部屋の下まで辿り着いた。

「ふむ……位置的に考えて、例の銃が飾られていた部屋は、あの辺りのようですわね」

「ええ。とはいっても、何か変わった様子があるようには見えませんけれど……」

茉莉花が、狂三に倣《なら》うように二階の窓を見上げながら言ってくる。

実際、彼女の言うとおりではあった。まあ狂三も、何らかの有力な手がかりが見つかるという確信があったわけではなく、他に調べるところがないため足を運んだだけではあったが――

「……あら？」

が、そこで狂三は何かを見つけ、目を細めた。

「いかがいたしましたの、狂三さん」

「あれを見てくださいまし。窓の下の方に、何かが挟まってはいませんこと？」

言って、窓の方を指さす。茉莉花が目を凝らすように細めた。

「あれは……葉っぱ、ですわね」

そう。窓の下方に、一枚の葉っぱが挟まっていたのである。

「…………」

それを見て、狂三は微《かす》かに眉根を寄せた。

別にそれ自体は何の変哲もない葉っぱだ。周囲に木々が生い茂っていることから考えても、別段不思議なことではない。

だがその青々とした色の葉は、それが挟まってからそう時間が経《た》っていないことを示しているように思われた。

「茉莉花さん、あのお部屋は、頻繁に出入りしたり、換気のために窓を開けたりされますの？」

「いえ、半ば物置のようになっている部屋ですし、あまり入りませんけれど……。

はっ、もしかして、何か重要な手がかりですの⁉」

茉莉花が興奮したような調子で言ってくる。狂三は小さく首を傾《かし》げながら返した。

「……現状ではまだなんとも言えませんわ。一応、写真だけは撮っておきましょう」

言って、狂三はスマートフォンを取り出し、窓の様子を写真に収めた。茉莉花もそれを真似《まね》するように写真を撮る。その際なぜか身を低くし、プロカメラマンのようなポーズを取っていた。

その後、屋敷の外側をぐるりと一周して入り口へと戻る。

するとそこで、捜査中の佐田《さだ》と再会した。

「ん……？　ああ、お嬢さん方。一体どちらに？」

「狂三さんと手がかりを捜して、先ほどの部屋の外側を見にいっておりましたの！」

茉莉花がテンション高く返す。佐田は気圧《けお》されるように身体《からだ》を反らしながら「そ、そうですか」と呟《つぶや》いた。

「……お嬢さん、熱心なのはいいんですが、先ほども言った通り犯人が隠れている可能性はゼロではないので、あまり勝手に出歩かないでください」

「これは失礼しましたわ！」

あまり悪びれた様子もなく茉莉花が詫《わ》びる。佐田はため息交じりに言葉を続けてきた。

「……にしても、これだけ大きなお屋敷だ。一周するだけで一苦労だったでしょう」

「大きい……ですの？　普通くらいかと思いますけれど」

佐田の言葉に、キョトンとした様子で茉莉花が言う。

別に自慢しているとか、挑発しているといった様子はない。心の底からそう思っているようだ。

佐田もそれを察したのだろう。力なく苦笑する。……まあ、子供の頃から住んでいるとなれば、彼女にとってはそういうものかもしれなかった。

「かなり立派なお屋敷ですわよ。時計を見てみてくださいまし。途中少し足を止めたとはいえ、周りを一周しただけで五分近くは経って――」

――と。

そこまで言ったところで、狂三《くるみ》は言葉を止めた。

頭の中を、とある可能性が掠《かす》めたのである。

「一周……？」

そして独り言のように呟きながら、顔を上げる。

それは、荒唐無稽に過ぎる考えだった。狂三自身、もしも他人からこんな推理を披露されたなら、そんな馬鹿なと返してしまうやもしれない。

けれどそれを認識した瞬間、狂三の頭の中には、半ば無意識のうちに幾つもの数字が躍っていた。

そして――

「まさか、そんなことが」

答えが出た瞬間、狂三は駆け出していた。茉莉花と佐田の間を抜けるようにして、本館の中へと入っていく。

「——へっ⁉　狂三さん、いかがいたしまして⁉　狂三さーん⁉」

背後に茉莉花の声を聞きながら、狂三は一目散に目的地へと向かった。


栖空辺邸一階、警備室。

壁一面にモニタが並び、屋敷内の様子が映し出されている。

「…………」

先ほどこの部屋に駆け込んできた狂三は、モニタに映し出された映像をジッと見つめると、やがて細く息を吐いた。

「——あら、あら。これはこれは——」

そして、ぽつりとそう呟く。

するとモニタの前に座っていた警備員が、不思議そうな顔をしてきた。——今し方狂三の要請に従い、とある映像を再生してくれた男である。

「ええと……何かわかりましたか？」

「ええ。ご協力感謝いたしますわ」

「それは何よりです。──でも、なんでまたこんな映像を？　今回の事件には関係ありませんよね……？」

「そう──ですわね。普通に考えれば、そうですわ」

「…………？」

狂三の言葉に、警備員が首を傾げる。

狂三はもう一度短く礼を言うと、警備室を出ていった。

「ああ、ああ──もしも探偵さんならば、こんなとき、こう言うのかもしれませんわね」

そして一人廊下を歩きながら、零《こぼ》すように呟く。

「──謎は、全て解けましたわ」

◇

「はぁ……っ、はぁ……っ、ようやく見つけましたわ、狂三さん。いきなり走り出すんですもの。驚きましてよ」

──それから数分後。

息を切らした茉莉花が、狂三のいる部屋へとやってきた。どうやら、狂三を探して屋敷《やしき》中を走り回ってきたらしい。額には、玉のような汗が浮かんでいる。

　狂三が待ち構えていたのは、本館二階最奥《さいおう》に位置する部屋だった。

そう、件の銃が飾られていた場所だ。警備室で用事を済ませた狂三は、階段を上がり再度この部屋を訪れていたのである。

「それで……どうかされましたの、狂三さん。随分慌てた様子でしたけれど……」

呼吸を整えるようにしながら、茉莉花が問うてくる。

狂三は窓側に向けていた身体をゆっくりと彼女の方に向けると、静かに唇を動かした。

「──犯人が、わかりましたわ」

「…………！　ほ、本当ですの⁉」

茉莉花が顔を驚愕《きょうがく》の色に染める。

「一体誰ですの⁉　誰が探偵さんを──」

そしてそのまま、捲《まく》し立てるように続けてくる。しかし狂三は、その言葉を止めるように手のひらを広げた。

「──乙女には、夢見がちな時期があるもの。そう仰《おっしゃ》いましたわよね、茉莉花さん」

「え？　ああ……はい。それがどうかしまして？」

茉莉花が不思議そうに返してくる。狂三は少し芝居がかった調子で両手を広げながら続けた。

「少しの間、お付き合いいただけませんこと？　わたくしの、荒唐無稽な空想話に」

「空想話……ですの？」

「ええ、ええ。聞くに堪《た》えない妄想ですわ。──もしも本当に、『魔弾』などというものが存在したら、という」

「……！　『魔弾』──」

狂三の言葉に、茉莉花《まつりか》の表情が変わる。

「それは、例の脅迫状に書かれていた……？」

「その通りですわ。ひとたび放たれれば、必ず目標に当たるという魔性の弾丸。あらゆる障害物を避け、獲物がどれだけ逃げようとも、決して外れることのない弾──」

無論普通に考えれば、そんなものが存在するはずはない。

そう──普通に考えれば。

けれど狂三は知っていた。この世界に、人智《じんち》を超えた神秘が存在することを。

何しろ狂三は今からおよそ一年前まで──人間ではなかったのだから。

精霊。世界を殺す災厄とさえ謳《うた》われた超常存在。それこそがかつての狂三であった。

不可逆の概念に干渉する時の天使〈刻々帝《ザフキエル》〉と、この世のあらゆる事象を識《し》ることのできる書の天使〈囁告篇帙《ラジエル》〉。

まさに世界を滅ぼしうる二つの天使を、狂三はその手に握っていたのだ。

そして〈囁告篇帙《ラジエル》〉を失う前に、狂三は時間の許す限り、この世界のことを調べていた。

――精霊を生み出すに至った、『魔術』の存在を。

顕現装置《リアライザ》が開発されるより以前から、世界の裏側に息づいていた秘術の存在を。

そしてその過程で狂三は、副次的にではあるが、様々な神秘についての知識を得ていった。

かつて魔術師たちが作り上げたという、数々の魔術工芸品《アーティファクト》。

狂三の記憶が確かならば――その中に、『魔弾』の名で呼ばれるものがあった気がしたのである。

「――ねぇ、茉莉花さん。もしもの話ですわ。

もしも本当にそんなものが存在するとしたならば――あなたなら一体、どのように使用されまして？」

「き、急にそんなことを仰られましても……」

茉莉花が困惑するように眉を歪《ゆが》める。

狂三は、さもあらんとうなずいたのち、あとを続けた。

「失礼。唐突な質問でしたわね。では質問を変えましょう。

佐田警部がこの事件において重要視していらっしゃったことは、大きく分けて三つ。『誰が』、『どこから』、『どうやって』銃を撃ったのか、ですわ」

「え、ええ……そうですわね」

「ですが、もしも『魔弾』が実在するなら、もう一つ気にせねばならないことが生じてくるのですわ。何かおわかりになりまして？」

狂三の問いに、茉莉花はしばしの間腕組みしながら唸《うな》ったが、やがて諦めるように息を吐いた。

「……ギブアップですわ。一体何ですの？」

「──『時間』。つまり、『いつ』銃を撃ったのか、ですわ」

狂三が言うと、茉莉花は不思議そうな顔をした。

「『いつ』……って、探偵さんが撃たれたときではありませんの……？」

「ええ。普通であればそうですわね。銃というのは、引き金を引けば銃弾が発射されるもの。そして銃弾とは、一瞬にして目標に到達するもの。当然の道理ですわ。だからこそ佐田警部も、わたくしたちも、犯人が『いつ』銃を撃ったかなど、気にも留めなかった──」

「話が見えませんわ。一体どういうことですの？」

焦《じ》れるように茉莉花が言ってくる。

狂三は銃に見立てるように右手の人差し指と親指を立てると、その先端を茉莉花に向けた。

「わたくしが今、『魔弾』の装填された銃を持っているとしましょう。こうして茉莉花さんに狙いを定めて引き金を引いたなら、茉莉花さんがどこへ逃げようとも、『魔弾』は追いかけていきますわ」

「そ、そうなります……わね」

茉莉花は少し居心地悪そうに身じろぎした。まあ、無理もあるまい。本物の銃を向けられているわけではないとはいえ、いい気分はしないだろう。

「では」

狂三は短く言うと、顔を茉莉花の方に向けたまま身体《からだ》の向きを変え、銃に見立てた右手を反対側——窓の方に向けた。

「こうして引き金を引いたなら、一体どうなるでしょう」

「え——!?」

狂三の言葉に、茉莉花は目を見開いた。

「銃口が向いている方向が真逆ではありませんの……！　そんなもの——」

「ええ。普通の銃ならば、当たるはずがありませんわ。──ですが思い出してくださいまし。今わたくしが放つのは、百発百中の『魔弾』ですわよ？　如何《いか》な距離を隔てたとしても、目標に当たるまで進むことが運命づけられた至高の工芸品ですわ」

「つまり……どういうことですの？」

困惑とともに茉莉花が問うてくる。

狂三《くるみ》は、ふっと唇を緩めながら述べた。

その、荒唐無稽に過ぎる結論を。

「つまり、あのときの『魔弾』は──

地球を一周して探偵さんに着弾した、ということですわ」

「は……!?」

茉莉花が、表情を驚愕の色に染める。

「『魔弾』を放った銃は、見たところ普通のマスケット銃。その初速はおよそ秒速三三〇メートルですわ。その速度を保ちながら、地球を一周──約四万キロを旅したとして、目的地に到着するのに要する時間は、およそ三三時間四〇分。

あらゆる障害を避け、標的に向かって進む弾は、通風口を通ってホールに至る――

ああ……そういえば最後にお話を伺った使用人さんの証言がございましたわね。一昨日《おととい》、かんしゃく玉が弾《はじ》けるような音を聞いた――と。

時間的に考えて、恐らくそれが、本当の犯行時刻なのではないでしょうか」

「――――」

茉莉花は、呆気《あっけ》に取られるようにポカンと口を開いた。

その表情があまりに可笑《おか》しかったものだから、狂三は小さく笑ってしまった。

「なんてお顔をされていますの。最初に申し上げたではありませんの。空想話――と」

言いながら手を下ろし、ゆっくりと茉莉花の方に向き直る。

「さて――ではここからが本題ですわ」

そして、片手でスマートフォンを操作しながら、狂三は続けた。

「ねぇ、茉莉花さん。茉莉花さん。この栖空辺邸《すからべてい》のお嬢様。

一昨日――あなたは一体、何をしにこの部屋を訪れていましたの？」

狂三の言葉と同時、スマートフォンの画面に、とある映像が映し出される。

――他ならぬ茉莉花が、この部屋へ入っていくところを捉えた、防犯カメラの映像が。

日付は一昨日。使用人が謎の発砲音を聞く少し前。

そう。早回しで防犯カメラの映像を確認したところ、この二日間で件《くだん》の部屋に入ったのは、先ほどの狂三たちを除けば、茉莉花だけだったのである。

「な……っ、あ、あたくしは――」

狂三の言葉に。

そして、画面に映し出された映像に、茉莉花が汗を滲《にじ》ませながら喉を絞る。

狂三は、静かに続けた。

「そう慌てないでくださいまし。――先ほども申し上げました通り、これは空想にして幻想ですわ。現代科学においては立証のしようがない不可能犯罪。仮にあなたが銃を撃ったことが明らかになったとして、その弾が三三時間以上の時間を経て被害者に当たっただなんて誰も信じない。問われる罪はせいぜい、銃刀法違反くらいのものでしょう。

――でェ、もォ――」

狂三はニィッと唇を歪めると、足を一歩前に踏み出し、茉莉花の顔を覗《のぞ》き込むように額と額を近づけた。

「わたくし、そういう、自分が安全地帯にいると思い込んでいる方の鼻を明かすのが、嫌いではありませんの」

「――――っ」

「考えはしませんでしたの？　人智を超えた魔術工芸品《アーティファクト》などというものが存在するのならば、それを『識《し》る』者がいるとは。

わたくしの知り合いに要請して、あなたに残った魔力反応を調べさせていただきます。

その結果、もしも犯行に使われた弾とあなたに残る反応が合致したならば——相応の報いを覚悟していただきますわよ？

ああ——もちろんここまで、全てわたくしの空想に過ぎませんけれど」

吐息が触れるような距離で、囁《ささや》くように言ってみせる。

「…………」

茉莉花はしばしの間、射竦《いすく》められたようにその場に立ち尽くし、小刻みに身体を震わせていたが、やがて小さく唇を開いた。

「————す」

「す？」

「——素晴らしいですわぁぁぁぁぁぁっ！」

そして、目をキラキラと輝かせながら、そんな大声を上げてみせる。

「…………は？」

さすがにその反応は予想していなかった。目を丸くしながらポカンと口を開ける。

しかし茉莉花《まつりか》は、そんな狂三の様子などお構いなしに、興奮した調子で言葉を続けた。

「魔術工芸品《アーティファクト》の知識！　『それ』が存在する前提での思考の飛躍！　発想のスケール！　そして何より、容疑者を詰める際のいやらしさ！　全てがプワァァァァァフェクト！　ですわっ！

——さすが、メイザース女史にご紹介いただいただけのことはありますわねっ！」

「……今、なんと？」

茉莉花が発した名に、狂三は眉根を寄せた。

単純な理由である。その名前に、聞き覚えがあったのだ。

「どういうことですの。説明していただけまして？」

「ええ、もちろんですわ！」

茉莉花は大仰にうなずくと、スカートの裾を摘まみながらお辞儀をしてみせた。

「——まずはお詫《わ》びを。やむを得ない事情があったとはいえ、あなたを試すような真似《まね》をしてしまいましたわ。

狂三さんの仰《おっしゃ》るとおり、あの弾を撃ったのは確かにあたくしでしてよ」

が、茉莉花はそう言ったあと、何かを思い出したようにハッと肩を揺らした。

「あっ、今のなし。なしですわ。もう一回やらせてくださいまし」

「……？　どうぞ」

狂三が言うと、茉莉花はコホンと咳払《せきばら》いをしてから、格好いいポーズをとってみせた。

「──ふっ。よく見破りましたわね。

そう、あたくしこそが──『魔弾の射手』ですわっ！」

「言い直すほどのことでして？」

「こういうのは雰囲気が大事なのですわ！」

茉莉花が満足げに言ってくる。

……まあ、気持ちはわからなくもない。狂三はそれ以上は追及せず先を促した。

「にしても、随分あっさりお認めになられますのね。──それに、試すような真似、とは？」

狂三が言うと、茉莉花はスマートフォンを取り出し、何やら操作をしたのち、その画面を狂三の方に向けてきた。

どうやらビデオ通話画面らしい。問題は、その中に映っている人物だった。

『──あ、どうも！　時崎《ときさき》狂三さん。お騒がせして申し訳ありません！　私はこの通り無事ですのでご心配なく！　防弾チョッキ装備で、血は輸血用パックです！　お嬢様をよろしくお願いします！』

言って、病院のベッドに座った人物が元気そうに親指を立ててくる。

それは紛れもなく、ホールの中央で狙撃を受けた探偵・伊丹貞義《いたみさだよし》その人だった。

「…………、最初からグルだった、というわけですの？」

「そういうわけですわ！」

茉莉花がいやにテンション高く声を上げてくる。

「…………」

なんとなくイラッときて、狂三は茉莉花の頭を拳で挟んでぐりぐりやった。

「痛いですわ！　痛いですわ！」

「……説明を続けてくださいまし」

手を離し、吐き捨てるように言うと、茉莉花は渋面を作りながら側頭部をさすったのち、言葉を続けてきた。

「ええと——そもそも前提として、あたくしたち栖空辺家は、魔術師の家系でしたの」

「——魔術師の？」

その言葉に、思わず視線を鋭くする。

恐らく彼女の言う魔術師とは、脳内に機械を埋め込み顕現装置《リアライザ》を用いる人造魔術師《ウィザード》ではなく、純正魔術師《メイガス》のことだろう。まさか、こんな近くに末裔《まつえい》がいたとは。

すると狂三の反応を受けてか、茉莉花が慌てたように手を振った。

「ああ、誤解しないでくださいまし。あくまでご先祖様がそうであったというだけで、長い時の中で、とうに力は失われていますわ。

あたくしたちに残されたのは、妄想とも空想ともつかない仰々しい記録と──ご先祖様が収集した魔術工芸品《アーティファクト》だけでしてよ」

「──────！　まさか、『魔弾』以外にも、魔術工芸品《アーティファクト》が現存していると仰いますの？」

狂三が表情を変えると、茉莉花は静かに目を伏せた。

「ええ──と言いたいところですけれど、残念ながら。

実はこの間、魔術工芸品《アーティファクト》が保管・封印されていた我が家の蔵が火事で全焼いたしまして……」

「燃えてしまった──というわけですの？」

狂三の言葉に、茉莉花はゆっくりと首を横に振った。

「火災現場からは、あるはずの残骸、燃え滓《かす》さえも発見されませんでしたわ」

「…………、つまり、何者かが魔術工芸品《アーティファクト》を持ち去った可能性がある。そう仰いますの？」

狂三が言うと、茉莉花は「ええ」と首肯した。

「もしも悪意ある者が彼《か》の工芸品を使ったなら、容易に完全犯罪を成し遂げてしまいますわ。そう——あたくしが、『魔弾』で探偵さんを撃ったように」

「…………」

確かにその通りだ。『魔弾』の実在を知る狂三《くるみ》がいたからその可能性に至れたものの、普通であれば迷宮入りしてしまうであろう事件である。

だから、と茉莉花が続ける。

「以前から親交のあった、アスガルド・エレクトロニクスのカレン・メイザース女史に相談を持ちかけたのですわ。彼女もまた、魔術師の末裔でいらっしゃいますので」

「……そして、わたくしを紹介された、と」

狂三は苦々しい表情をしながら言った。

カレン・メイザース。〈ラタトスク〉議長エリオット・ウッドマンの秘書官にして、世界最強の魔術師《ウィザード》エレン・メイザースの実妹。そして、恐らく世界一の顕現装置《リアライザ》エンジニアだ。

〈ラタトスク〉の情報網は侮《あなど》れない。

精霊の力を失う前、狂三が〈囁告篇帙《ラジエル》〉を用いた『内職』に精を出していたことを知られていてもおかしくはなかった。

「そういうことですわ。――ですが、あたくしたちはあなたのことを存じ上げない。そこで、まこと失礼ながら、唯一残った『魔弾』を使って、あなたを試させていただくことにしたのですわ。

――あなたが、魔術工芸品犯罪《アーティファクト・クライム》を解き明かせるか否《いな》かを」

言って、茉莉花がビッ！　と狂三を指さしてくる。

「狂三さん。改めてお願いいたしますわ。

――恐らくそう遠くないうちに、魔術工芸品《アーティファクト》を用いた不可能犯罪が発生いたします。魔術の力を知らない警察では、その謎を解き明かすことはできないでしょう。どうか、どうか、あなたのお力で、その事件を解決してくださいまし！」

そして、懇願するようにそう言ってくる。

「……あら、あら」

狂三は腕組みすると、不満げにため息を吐《つ》いてみせた。

「勝手に人を試しておいて、随分虫のいい話ですわね。正直に申し上げればお断りしたいところですけれど――」

「でも、魔術工芸品《アーティファクト》などというものがあれば、無視はできない――ですわよね？」

茉莉花が、狂三の思惑を察するように、ニヤリと微笑《ほほえ》みながら言ってくる。

まあ実際彼女の言うとおりではあったのだが、なんだか無性に腹の立つ顔だった。狂三は苛立《いらだ》たしげにピクリと眉を動かした。

「なんだかちょっとイラッとしたので受けたくなくなりましたわ」

言って、茉莉花の脇を抜けてすたすたと歩いていく。

「えっ、ちょっ、今のは受ける流れではありませんの⁉ 狂三さん⁉ 狂三さぁぁぁぁん⁉」

茉莉花が縋《すが》り付くように叫んでくる。

狂三は大きなため息を零《こぼ》すと、呟《つぶや》くように言った。

「——条件と状況次第ですわ。もしも本当に次の事件が起こったら、一報をくださいまし」

◇

「……で、一体なんですの、これは」

栖空辺邸《すからべてい》探偵銃撃事件から数日後。

天宮《てんぐう》大通りの端に位置する雑居ビルの二階で、狂三は訝《いぶか》しげな顔を作っていた。

だが、それも当然ではあった。何しろ今狂三の目の前にあったのは、『時崎探偵社』の名が記された扉だったのだから。

「見ての通り、探偵事務所ですわーっ！」

大仰なポーズを取りながら高らかにそう言ったのは、やはり茉莉花だった。髪型と衣服は今日も絶好調だった。

「なぜこんなものがあるのか、と聞いているのですけれど」

「何を仰いますの狂三さん！　あの日、あたくしと誓ったではありませんの！　法で裁けぬ魔術工芸品犯罪《アーティファクト・クライム》を、命を賭《と》して解決すると！」

「そんな熱い誓いは交わしておりませんわ」

「ならまず必要なものは何でして!?　そう！　探偵事務所ですわね！　ピンポン！　大正解！」

「まだ何も言っていないのですけれど」

「ここを拠点に、魔術工芸品犯罪《アーティファクト・クライム》を調査いたしましょう！　ちなみにビルの二階なのがこだわりポイントですわ！」

「…………」

もう何を言っても無駄と悟り、狂三はふうと息を吐いた。

と、そこで、とあることを思い出す。

「そういえば、茉莉花《まつりか》さん。探偵さんがグルだったということは、お父様お母様や屋敷《やしき》の皆さんも、このことはご存じで?」

「ええ、もちろんですわ。栖空辺家総出の一大イベントでしてよ!」

「……佐田《さだ》警部や警察の方々も?」

「おじさまたちは何も知りませんわ! リアリティは大事ですもの! ——あ! 事件の方は、探偵さんが皆を驚かせるためにやった自作自演ということで片を付けておきましたのでご心配なく!」

「………………」

なんだか、協力するのが不安になってきた。狂三は胸にわだかまる嫌な空気を、ため息として吐き出した。

しかし茉莉花は微塵《みじん》も気にしていない調子で、元気よく声を張り上げた。

「時崎探偵社の旗揚げでしてよ! さあご一緒に! ——闇を払うのは、知性と慈愛と、ほんの少しの暴力ですわー!」

狂三は、もちろん唱和しなかった。

The artifact crime files
kurumi tokisaki

Case File II

人形とは、一体なんなのでしょう

狂三ドール

「皆様、よくおいでくださいました」

仄暗《ほのぐら》い談話室の中、長身の女性が、恭《うやうや》しく礼をした。

漆黒のスーツを身に纏《まと》い、手に柄の付いた燭台《しょくだい》——手燭《てしょく》を握っている。まあ、辺りを照らすためというよりも、演出や雰囲気作りのために持っているようには思えたけれど。

「私、主人より皆様の身の回りのお世話を仰《おお》せつかっております、執事の石垣頼子《いしがきよりこ》と申します。当館にご滞在の間、何か気になることがございましたら、なんなりとお申し付けください」

頼子はそう言うと、広い談話室を見渡すように視線を巡らせた。

「それでは、早速自己紹介に移りましょう。皆様既にお知り合いではあるでしょうが、直接顔をお合わせになるのは初めてでしょう」

頼子が言って、一番手前に座っていた人物に視線を向ける。

するとロリータファッションに身を包んだ妙齢の女性が、コホンと咳払《せきばら》いをしたのち、よく通る声を発してきた。

「お初にお目にかかります。私は紅璃夢《グリム》。こちらは娘の『白雪《しらゆき》』です」

そしてそう言って、膝に載せた可愛《かわい》らしいドールの頭を優しく撫《な》でる。

本人の服装は黒一色なのだが、ドールのそれは白で統一されており、やたらと目立って見えた。まるでドールこそが主役で、自分自身を背景と見なしているかのような様である。

とはいえそれも考え過ぎではないのかもしれなかった。

何しろ今ここにいるのは、ドール愛好家の集い『ドールハウス』の会員たちだったのである。

当然、紅璃夢という名は本名ではあるまい。インターネット上での名前――ハンドルネームだ。

名前もかなりカマし気味であるし、交流掲示板でも過激な発言が目立つ紅璃夢ではあったが、意外にも本人は穏やかな物腰の女性であった。一見しただけでは、彼女が『眼球に包まれる至福』『ドロワえっちすぎんか？』『球体関節ペロペロしたいナリィ……』などと書き込んでいるとは誰も思うまい。

パチパチと拍手が鳴ったのち、隣に座っていた人影が口を開く。

「……ササキ。そして、我が元に舞い降りし堕天使『†弑逆《しいぎゃく》のアニマ†』……」

ゴシックパンクルックに身を包んだ、猫背気味の女性である。メイクなのか自前なのか、目に分厚い隈《くま》が浮かび、両手首には包帯が巻かれている。傍《かたわ》らに腰掛けたドールの背には、お手製と思《おぼ》しき黒い羽が付いていた。

ちなみにササキとは、交流掲示板でもっとも饒舌《じょうぜつ》なムードメーカーの名だった。常に朗らかでハイテンション。新規にも丁寧で優しく、人のドールをとにかく褒めることでお馴染《なじ》みで、彼女に褒められたいがために自分のドールの写真をアップする会員も多かったのだが……本人は意外と寡黙なようだった。

次いで声を発したのは、奥の椅子に座っていたメイド服姿の女性だった。

「初めまして。メイメイと申します。雌豚です。そしてこちらが、私がお仕えする『アンジェリカ』お嬢様です。以後お見知りおきを」

言って、煌《きら》びやかなドールを紹介するように礼をしてみせる。

……なんだかさらりと妙なワードが出たような気がするが、よく見ると彼女は首輪をしており、そこから延びた鎖が、『アンジェリカ』の手に握られていた。どうやらそういう設定らしい。

交流掲示板のご意見番兼知恵袋であるメイメイがこういう性癖であったとはさすがに見抜けなかったが……そういえば今思い返すと、会員がドールの写真をアップした際、やたらと下からのアングルの写真を所望していた気がする。謎が解けてしまった。

「さて……」

「では最後は……」

と、皆の視線が向けられる。狂三《くるみ》は居心地悪そうに身じろぎした。

とはいえそれも当然と言えば当然だった。何しろ今の狂三の服装は、ドールの衣装に負けないくらいにゴリッゴリのゴシックロリータスタイルだったのである。

過剰に搭載されたフリル。締め上げられたコルセット。ブーツの底はこれでもかというほどに厚い。二つ結びにされた髪には長いエクステンションが施され、それがドリルの如《ごと》く巻かれていた。ついでに身体《からだ》の各所にはシルバーのアクセサリーが群れを成し、左目にはスパンコールで装飾された眼帯が着けられている。

……無論、好きでこんな格好をしているわけではない。むしろ今すぐここから逃げ出したくてたまらなかった。

とはいえ、そうもいかない。狂三はぎこちない笑みを浮かべながら、小さく礼をした。

「……わたくしはクルルエル。こちらはお友達の『ジャスミン』ですわ」

言って、髪を豪奢《ごうしゃ》な縦ロールに巻いたドールを示す。

すると、談話室に集まっていた面々が、パァッと顔を明るくした。

「まあ！　もしかして、海外で人形作家としても活躍しているという、あのクルルエルさん!?」

「えっ、家に一〇万三〇〇〇体のドールが揃《そろ》っているという、あの!?」

「……ドールに住民票を発行しろと役所に通い続けた結果、警察を呼ばれた、あの……？」

などと、テンション高く声を上げてくる。

「え、ええ……お目にかかれて光栄ですわ……」

狂三は頬をピクピクと痙攣《けいれん》させるように苦笑しながら、先週の出来事を思い起こした。

◇

「大変ですわぁぁぁぁぁぁぁぁぁぁぁぁぁ――――っ！」

そんな叫びとともに事務所の扉が開け放たれたのは、とある日の午後のことだった。

テンション高く事務所に突撃してきたのは、一人の少女である。見事な縦ロールに、煌びやかなドレス。まるで全身で『お嬢様』をアピールしているかのような装《よそお》いだった。

名を栖空辺茉莉花。狂三の大学の同級生にして、名家のご令嬢。そしてこの時崎《ときさき》探偵社を（勝手に）開業した、所謂《いわゆる》スポンサーである。

「あまり大声を出さないでくださいまし。近所迷惑ですわよ」

狂三は読んでいた本に栞《しおり》を挟むと、半眼を作りながらそう言った。

「おっと、これは失礼しましたわ！　あたくしとしたことが！」

狂三の言葉を受けてか、茉莉花がビシッとポーズを取りながら言う。相変わらず声は大きかった。狂三はやれやれと息を吐いた。

「……で、何がありましたの？」

「事件ですわ、事件！　魔術工芸品犯罪《アーティファクト・クライム》ですわーっ！」

「………………！」

その名称に、狂三はピクリと眉を動かした。

魔術工芸品《アーティファクト》。それは、かつて魔術師が創り上げたという、不可思議な力を有する道具の数々。

今から数ヶ月前、魔術師の末裔《まつえい》である茉莉花の家に所蔵されていた無数の魔術工芸品《アーティファクト》が、何者かの手によって奪い去られた。

狂三はそれらを取り戻すため、そしてそれらによって引き起こされるであろう、常識外の不可能犯罪を防ぐために、茉莉花の手によって探偵に仕立て上げられていたのである。

「一体どんな事件ですの？」

「ここ最近、原因不明の昏睡《こんすい》事件が連続していることはご存じでして？」

「昏睡事件……？」

「ええ。地域がバラバラのため全て別の事件として扱われているようなのですけれど――

あたくしは独自のルートから、被害者たちの共通点を発見したのですわ」

「どんなルートですの」

「それは乙女の秘密ですわ！」

バチーン！と大仰なウインクをしながら茉莉花が言ってくる。狂三は頬に汗を滲《にじ》ませながら先を促した。

「で、共通点とは？」

「被害者は皆、とあるオンラインサロンの会員でしたの」

「オンラインサロン？」

「ええ。――ドール愛好家たちの集い、『ドールハウス』ですわ」

「ふうん……ドール、ですの」

狂三が言うと、その表情を見てか茉莉花が興味深そうに目を丸くした。

「もしかして狂三さんもお好きでして？」

「…………、ぜんぜんそんなことはありませんわよ？」

狂三は視線を逸《そ》らしながらそう答えた。……実を言えば昔一時期そういう趣味に凝っていたこともあるのだが、茉莉花に知られると面倒そうだったので誤魔化しておきたかったのだ。

「まあいいですわ。とにかく、そのオンラインサロンが怪しいと踏んだあたくしは、早速会員登録をして、情報収集を行っていたのですわ」

「脊髄反射のような行動力ですわね」

「褒めても何も出ませんわよ！」

茉莉花《まつりか》が頬を染めながら胸を反らす。別に褒めたつもりはないのだが、本人が嬉《うれ》しそうなので特に訂正はしなかった。

「それで、何かわかりましたの？」

「ええ！　このオンラインサロンはたまに小規模なオフ会を開いているようなのですけれど、そこでサロンの主催者・ウェヌスさんが、『生きた人形』を参加者に披露しているそうですの」

「生きた……人形？」

狂三が眉根を寄せながらあごを撫でると、茉莉花は「ええ」とうなずいてきた。

「あたくしも直接見たわけではないのですけれど、人形がひとりでに動くそうですわ。――まるで、本当に生きているかのように」

「…………」

狂三は思案を巡らせるように黙り込んだ。

荒唐無稽な話だ。主催者の過度な誇張表現か、自動人形《オートマタ》の類と考えるのが普通だろう。

だが──

「何か心当たりがおありになるのですわね？」

「はい。魔術工芸品《アーティファクト》『ガラテア』。──人間の魂を、人形に乗り移らせる工芸品ですわ」

「『ガラテア』……」

狂三は口の中で転がすようにその名を繰り返した。ガラテア。確かギリシャ神話に登場するキプロスの王、ピグマリオンの妻の名だ。

優れた彫刻家でもあったピグマリオンは、自らが彫った乙女像に恋をした。それを知った女神がこれに命を与えた──という筋である。なるほど、その魔術工芸品《アーティファクト》に名を付けた魔術師は、随分とロマンチストのようだった。

「つまり、昏睡事件の被害者たちは、魂を人形に移されてしまった……とお考えですの？」

「ええ。そしてそれこそが、『生きた人形』の正体なのではないかと」

「なるほど……」

狂三はしばしの間考えを巡らせると、小さくうなずいた。

「確かに、調べてみる価値はあるかもしれませんわね」

「！　ですわよね！」

狂三の言葉に、茉莉花は嬉しそうに顔をパァッと明るくした。

「狂三さんならそう仰《おっしゃ》ってくれると思っていましたわ！　早速捜査に入りましょう！」

「ええ。とはいえ、まず主催者の居場所を突き止めないことには——」

「次のオフ会は来週ですわ！　参加権は獲得しておきましたので、潜入捜査をよろしくお願いしますわね！」

「…………は？」

さらりと告げられた茉莉花の言葉に、狂三は目を丸くした。

「ちょっと待ってくださいまし。潜入捜査……わたくしがですの？」

「もちろんですわ！　探偵の腕の見せどころですわね！　あ、ハンドルネームは『クルルエル』ですわ！　狂三さんと天使のニュアンスを絶妙に合成しつつ、『無慈悲《クルエル》』の要素も取り入れた、お気に入りの名前ですわ！」

「…………」

悪びれた様子もなく——それどころか、どこか誇らしげに言う茉莉花に、狂三は大きなため息を吐《つ》いた。狂三の名前をもじったハンドルネームを付けているあたり、最初から狂三を潜入させるつもりだったのだろう。

とはいえ、茉莉花の行動力がバグっているのは今に始まったことではないし、潜入捜査が有効であるのは確かだった。諦めたようにもう一度ため息を吐く。

「……まあ、いいですわ。それで、『ガラテア』とは、具体的にどんな形をした魔術工芸品《アーティファクト》ですの？　人形に魂を移植する手順や条件は？」

「わかりませんわ！」

「………………は？」

茉莉花の言葉に、狂三は目をまん丸に見開いた。

「我が家に所蔵されていたものとはいえ、全てを把握していたわけではありませんもの！　目録には名前と能力しか書かれていませんでしたし！」

「……つまり、茉莉花さんはわたくしに、単身オフ会に潜入し、主催者の目を盗みつつ、形も使用法もわからない魔術工芸品《アーティファクト》を探し出せ、と仰っているのですわね？」

「そういうことになりますわね！」

茉莉花が高らかにそう言ってくる。

狂三はしばしの間頭を抱えるような仕草をしたのち、茉莉花に手招きした。

「茉莉花さん。ちょっとこちらへ」

「なんでして？」

「この鉛筆を持ってくださいまし。指の間を互い違いに通すように」

「こうですの？」

「ふんっ」

「あぎゃぁぁぁぁぁぁぁぁぁ――っ!?　痛い！　痛いですわぁぁっ!?」

狂三《くるみ》が手のひらで茉莉花の手を圧《お》し潰すと、彼女は甲高い悲鳴を上げた。

◇

「……どうも、落ち着きませんわね」

オフ会会場である洋館の個室で、狂三はやれやれと息を吐いた。

簡単な自己紹介と歓談を終えたあと、夕食の時間までしばし休息をとのことだったので、こうして宛がわれた部屋に戻ってきていたのである。

そう。オンラインサロン『ドールハウス』のオフ会は、狂三が想像していたものよりもずっと大がかりなものだったのだ。会場は街から遠く離れた森にぽつんと立つ洋館。日程は二泊三日と、ちょっとした旅行か合宿といった方が適当なように思われた。

魔術工芸品《アーティファクト》のことを探らねばならない狂三にとっては都合がよいはずなのだが……洋館の不気味な雰囲気も手伝ってか、どうも気分が優れない。狂三は顔を上げると、ぐるりと部屋の中を見回した。

「…………」

と、そこで、部屋の壁に設《しつら》えられていた姿見《すがたみ》が視界に入る。

狂三は無言でその前に立つと、自らの装《よそお》いを見返した。

狂三が今纏《まと》っているのは、茉莉花が用意した派手な服であった。……オフ会の参加権を獲得するために属性やエピソードを盛りまくったと聞いてはいたが、それにしたって盛り過ぎな気がしてならなかった。

『よくお似合いですわよ、狂三さん！』

と、背後から聞き慣れた声がして、狂三は弾《はじ》かれたように振り返った。

しかし、そこに人の姿はない。あるのは椅子にちょこんと腰掛けた、可愛《かわい》らしいドールの姿のみだった。

『あたくしの目に狂いはありませんでしたわ。他の参加者の皆さんも、すっかり狂三さんをお仲間と思っていたご様子でしたし』

ドールが続ける。流暢《りゅうちょう》に話すその様はまるで、噂《うわさ》の『生きた人形』のようだった。

とはいえ、狂三のドール『ジャスミン』は、そのようなオカルトな代物ではない。身体《からだ》の中にカメラと通信機が仕込まれており、外にいる茉莉花と会話ができるようになっているのである。……まあ、『ジャスミン』は服や髪型が茉莉花によく似ていたため、本当に茉莉花が人形にされてしまったような不気味さがないこともなかったけれど。

「お静かに。他の参加者に会話を聞かれても面倒ですわ」

『これは失礼しました！　以後気をつけますわ！』

やはり声は大きかった。狂三ははあと息を吐いた。

「しかし――妙ですわね」

『何がですの？』

「自己紹介の場に、主催者のウェヌスさんがいませんでしたわ」

狂三は先ほどの談話室での会話を思い起こしながら、あごに手を当てた。

そう。先ほどあの場にいたのは、狂三を含むオフ会参加者四名と、参加者の身の回りの世話を命じられたという女性執事のみで、肝心の主催者の姿がどこにもなかったのである。

『言われてみれば、確かに。到着が遅れているのでしょうか？』

「それならばいいのですけれど……」

ともあれ、と狂三は『ジャスミン』を持ち上げた。

「せっかくの自由時間ですし、館内を見て回らせていただきましょう。何か魔術工芸品《アーティファクト》の手がかりがあるかもしれませんし――」

と、次の瞬間、狂三はバッと後方を振り向いた。

『……？　いかがされまして？　心配なさらずともあたくし、部屋の外でのお喋《しゃべ》りは控えますわよ？』

「いえ、そうではなく。……今、視線を感じた気がするのですけれど……」

言いながら、狂三は首を捻《ひね》った。狂三が向いた先は、人影どころか窓や扉すらない、ただの壁だったのである。

『何もありませんわよ。気のせいではありませんこと？』

「……かもしれませんわね」

少し神経が過敏になっているのかもしれない。狂三は気を取り直すように小さく頭を振ると、『ジャスミン』とともに部屋を出ていった。

――『ドールハウス』オフ会会場である洋館は、二階建て構造になっていた。エントランスの正面に大きな階段があり、その左右に廊下が延びている。入り口から見て右手側に、食堂や談話室などの大部屋が配置され、左手側に、狂三たち参加者の個室が並んでいるようだ。

「ふむ……」

狂三は『ジャスミン』の顔を様々な方向に向けながら、一階の廊下をぐるりと一周した。

『ジャスミン』の目には超小型カメラが搭載されている。狂三の気づかない『何か』に外の茉莉花《まつりか》が気づくかもしれなかったし、そういったことがなくとも、映像を記録しておいて損はないだろうと考えたのである。

傍目《はため》から見たなら、過保護なドール愛好家が、ドールに様々なものを見せながら散歩しているように見えたかもしれない。……ドールにカメラと通信機を搭載したのはただの茉莉花の思い付きだろうが、意外と理に適《かな》っているのかもしれないと思う狂三だった。

「一階はこのくらいでしょうか。二階は——」

と、狂三が階段に足を掛けようとしたところで。

背後から、そんな声が掛けられた。

「クルルエル様」

「……！　ああ、わたくしのことですわね。何か？」

一拍おいて、それが自分のハンドルネームであることを思い出す。狂三は慌てて声の方向を向いた。

そこにいたのは、屋敷《やしき》の執事・頼子《よりこ》であった。

「二階は主人の私室となっております。お立ち入りはご遠慮いただけますでしょうか」

「あら。これは失礼いたしましたわ」

狂三はにこりと微笑《ほほえ》みながら返すと、自然な調子で言葉を続けた。

「にしても、立派なお屋敷ですわね。まさかこんなところで、同好の士とお話ができるだなんて、ウェヌスさんには感謝してもしきれませんわ」

「それは何よりです。そう言っていただけると主人も喜ぶでしょう」

「ところで――そのウェヌスさんは、いつ頃おいでになられるのですか？」

狂三がさらりと問うと、頼子は微笑のまま返してきた。

「はい。明日の昼頃到着すると聞いております」

「あら、あら……今日は来られませんのね」

「申し訳ありません。どうしても外せない用事ができてしまったとかで」

「そうですの。お会いできるのが楽しみですわね。一体どんなお方ですの？」

「それは……」

狂三の質問に、頼子は困ったような表情を浮かべた。

「あら、いかがされまして？」

「実は……私も主人に直接会ったことがないのです。面接の場にいたのは執事長でしたし、指示も全て人づてか、メールでして……」

「……へぇ？」

頼子の言葉に、狂三は興味深そうに目を細めた。

「それはそれは……随分と恥ずかしがり屋さんのようですわね」

「そうかもしれません」

頼子は苦笑しながら言うと、何かを思い出したように言葉を続けた。

「そういえば、夕食は一八時頃を予定しています。ご準備ができ次第、食堂へお越しください。もちろん、そちらの小さなレディもご一緒に」

と、『ジャスミン』の方を見ながら言う。狂三は微笑を浮かべながら礼をした。

「ご配慮痛み入りますわ。それでは、またのちほど」

「はい」

言って、頼子が去っていく。

その背が見えなくなるのを待ってから、狂三はふうと息を吐いた。

「執事でさえ顔を知らない主人、ですの。どうも……きな臭くなってきましたわね」

『……何がですの？　明日の昼にはおいでになるのでしょう？』

『ジャスミン』から、不思議そうな声が聞こえてくる。

狂三は、目を細めながら続けた。

「──明日の昼まで、何も起こらなければよいのですけれど」

一八時。狂三が『ジャスミン』を連れて食堂へ至ると、そこには既に三名の人影があった。

紅璃夢《グリム》、メイメイ、そして執事の頼子だ。紅璃夢とメイメイの座る椅子の隣には、子供用と思《おぼ》しき小さな椅子が置かれており、そこに二人のドールが腰掛けていた。

さすがはドール愛好会のオフ会。こういったところにも配慮が行き届いているらしい。

狂三は空いていた子供用の椅子に『ジャスミン』を落ち着けたのち、その隣の席に腰掛けた。

「お待たせいたしましたわ。この子がお屋敷を探険したいと言うもので」

『ジャスミン』を示しながら狂三が言うと、紅璃夢とメイメイは優しげに微笑んだ。

「ふふ、『ジャスミン』ちゃんは好奇心旺盛なんですね」

「お食事が終わったら、お嬢様も一緒に歩いてみましょうか」

などと、きゃいきゃいと盛り上がる。

彼女らも趣味を同じくする者であるためか、ともすれば敬遠されそうな狂三の発言に眉をひそめたり、辟易《へきえき》する様子もない。個性的に過ぎる面々ではあったが、なんとも不思議な居心地のよさがあった。

「あとはササキさんですが……遅いですね。どうしたのでしょう」

そこで、紅璃夢が思い出したように声を上げる。そういえば、狂三《くるみ》の向かいの席は、未《いま》だ空いたままだった。

「確かに。お呼びしてきましょうか」

と、頼子が言った、次の瞬間であった。

『――ぅ、ぁぁぁぁぁ…………っ！』

遠くから、くぐもったうめき声が聞こえてきたのは。

「……!? 今の声は――」

「まさか、ササキさん……？」

「何かあったのでしょうか……？」

狂三たちは目を見合わせると、椅子から立ち上がってドールと一緒に食堂を出て、ササキの部屋へと向かった。

「ササキさん、大丈夫ですの？ ササキさん！」

言いながらドアノブを捻るも、鍵がかかっているのか、開かない。狂三はドンドンと扉を叩《たた》いた。

「クルルエル様、これを！」

一拍遅れてやってきた頼子が、鍵を差し出してくる。どうやら部屋の合鍵らしい。狂三はそれを受け取ると、手早く鍵穴に差し入れ、回した。

「な――」

そして扉を開け――目を見開く。

しかしそれも無理からぬことだろう。何しろ部屋の中央に、ササキが力なく倒れ伏していたのだから。

「ササキさん！」

慌てて駆け寄り、ササキの身体《からだ》を抱き起こす。

息はあるようだったが、意識はない。髪は乱れ、目の下には涙が滲《にじ》み、身体の各所には、強い力で押さえ付けられたかのような跡があった。まるで今の今まで何者かともみ合っていたかのような様子だ。

「これは……」

「一体何があったのでしょう……」

「気を失っているのですか……？」

紅璃夢とメイメイが、ササキの様子を覗《のぞ》き込みながら、不安そうに言ってくる。

狂三は「失礼」と言ったのち、ササキの頬を叩いた。

「ササキさん、起きてくださいまし、ササキさん」

しかしササキは、意識を取り戻すどころか、身じろぎ一つしなかった。

まるで、身体から魂が抜け落ちてしまったかのように。

「まさか――」

その様子に、思わず息を詰まらせる。

狂三の脳裏を、魔術工芸品《アーティファクト》『ガラテア』の存在が掠《かす》めたのである。

「……何が起こったのかはわかりませんが、尋常な事態ではありません。頼子さん、急ぎ救急車と、警察を呼んでくださいまし」

「は、はい！」

狂三が言うと、頼子が慌てた様子で駆け出していった。

その背を見送ったのち、狂三はササキの身体を優しく横たえると、部屋の様子を見回した。――幾つか、気になることがあったのである。

扉は施錠《せじょう》されていた。が、この部屋のものと思しき鍵はテーブルの上に置かれている。

壁には窓があるが、上下にスライドする形状で、一五センチほどの隙間しか開かず、人間が通り抜けられるとは思えなかった。

要は、狂三が鍵を開けるまで、この部屋の中は密室状態だったということだ。

それだけではない。この部屋には、絶対になければならないものが見当たらなかったのである。

「あれ……？」

紅璃夢も気づいたのだろう。不審そうに眉根を寄せながら言ってくる。

「そういえば、『アニマ』ちゃんはどこでしょう……」

そう。ササキが肌身離さず連れていたはずの『†弑逆《しいぎゃく》のアニマ†』が、どこにも見当たらなかったのである。

「……あら？」

と、狂三はそこで眉を揺らした。ササキの顔の印象が、どこか先ほどと異なって見えたのだ。

「ササキさん、こんなお化粧でしたかしら……」

ササキが顔を俯《うつむ》けていたため気づかなかっただけかもしれないが、先ほどよりもリップの色が明るく見えた気がした。

と、そうこうしていると、廊下の方から、顔面を蒼白《そうはく》にした頼子が戻ってくる。

「頼子さん。いかがされましたの？　そんなに慌てて。警察と救急車は――」

「で、電話が……繋《つな》がりません……！」

「なんですって……？」

狂三が眉根を寄せながら言うと、紅璃夢とメイメイが息を詰まらせた。

「ど、どういうことですか？」

「スマホはもともと圏外ですよね？　固定電話もってことですか……？」

言って、不安そうに目を見合わせる。

よくない状態だ。狂三は二人の注意を引くように大きく咳払《せきばら》いをした。

「なら、直接病院に連れていきましょう。確かお車がありましたわね？　運転をお願いいたしますわ」

「だ、駄目なんです……」

狂三の言葉に、頼子《よりこ》は顔中に汗を滲ませながら頭を振った。

「駄目？　どういうことでして？」

「お屋敷《やしき》の扉が……どれも開かなくなってしまっているんです――」

頼子は消え入りそうな声で、絶望的な情報を告げてきた。

◇

「………」

不自然な沈黙が、談話室を支配していた。

狂三に紅璃夢、メイメイ、そして頼子、四名もの人間がいるというのに、誰も声を発しようとはしない。

しかしそれも無理からぬことではあった。皆、今し方起こった事態を、まだ上手《うま》く呑《の》み込めていなかったのだ。

「い、一体……なんだっていうんですか、これは」

躊躇《ため》らいがちに声を発したのは紅璃夢だった。

「電話が繋がらないのは百歩譲ってあり得るとして、お屋敷の扉が開かないなんて、あるはずないじゃないですか。え？　ドッキリか何かですか？　ササキさんもグルで、ただ寝たふりをしてるだけとか……」

「眼球運動を調べましたが、それはありませんわね。完全に意識を失っておられましたわ」

狂三が言うと、紅璃夢は「くっ」と眉根を寄せた。

「じゃあ、何が起こっているっていうんですか！」

「詳しいことはわたくしにもわかりませんけれど……悪意ある何者かによって、屋敷に閉じ込められてしまったとみるのが自然でしょう」

「何者かって、誰です⁉」

「断定はできませんが、恐らく、この会の主催者、ウェヌスさんかと」

「…………っ！」

狂三の言葉に、紅璃夢は頼子をキッと睨《にら》み付けた。

「なんのつもりです⁉　冗談では済みませんよ！」

「そ、そう言われましても……私も何も知らないんです！」

頼子が困り顔を作りながら返す。嘘《うそ》を言っている様子は見られなかった。

「落ち着いてくださいまし、紅璃夢さん。慌てても状況はよくなりませんわ」

狂三は静かな口調でそう言うと、考えを巡らせるように目を細めた。

「にしても――ササキさんを襲った犯人は、一体どこへ逃げたのでしょう」

「え？」

メイメイが、不思議そうに目を丸くしてくる。狂三はあごに手を当てながら続けた。

「状況から見て、ササキさんが何者かに襲われたのはほぼ確実。でも、現場の部屋には鍵がかかっていましたわ」

「……犯人が屋敷の主人のウェヌスさんだとするなら、マスターキーくらい持っていてもおかしくないでしょう。普通にドアから出たあと施錠したんじゃないですか？」

「ですが、わたくしたちが食堂を出たのは、ササキさんの声を聞いてすぐでしてよ。もしも犯人がドアから逃げたとするなら、その姿を見ていないとおかしいのでは？」

「む……」

紅璃夢《グリム》が腕組みして渋面を作る。

するとそこでメイメイが、何かに気づいたように眉を揺らした。

「も、もしかして……」

「何かお気づきになられまして？」

「あ……いえ。普通に考えてあり得ないとわかってはいるんですけど……」

「構いませんわ。仰《おっしゃ》ってみてくださいまし」

狂三が促すと、メイメイは躊躇いがちに言葉を続けてきた。

「窓が一五センチくらい開くようになってたじゃないですか。あの隙間……人間は無理でも、ドールなら抜けられるんじゃないかな……なんて」

「は……？　まさか、ドールが犯人だとでも言うんですか？　窓から侵入したドールが、ササキさんを襲って昏倒《こんとう》させ、また窓から逃げていったと？」

紅璃夢が苛立《いらだ》たしげな様子で言う。メイメイは肩を窄《すぼ》めながら続けた。

「だって……そもそも私たち、ここに『生きた人形』を見にきたわけじゃないですか」

「…………」

その言葉に、再び沈黙が流れる。

するとメイメイはそんな空気に耐えきれなくなったのか、小さく頭を下げた。

「すみません。変なことを言いました。そんなことあるはずないのに……」

「――いえ。面白い着眼点ですわ。一応警戒しておきましょう」

狂三《くるみ》は腕組みしながらそう言った。――魔術工芸品《アーティファクト》『ガラテア』の存在を前提に考えると、それはむしろ、いの一番に至らねばならない推理だったのである。

「……本気ですか？」

「あくまで一応、ですわ。――もしもその『生きた人形』とやらが、高性能なロボットなどだったとしたなら、警戒しておいても損はないのではありませんこと？」

「それは……そうかもしれませんけど」

紅璃夢が、どこか釈然としない様子を覗かせながらもうなずく。

とはいえ仕方あるまい。『ガラテア』の存在を彼女らに明かすわけにはいかなかったし、仮に真実を語ったとして、信じてもらえるかは微妙なところだった。これくらいが落とし所だろう。

「それで、これからどうしましょう」

頼子が汗を滲ませながら言ってくる。すると紅璃夢が、表情を険しくしながらそれに答えた。

「そりゃあ、この屋敷から脱出する方法を見つけないと」

「ええ、異議なしですわ」

狂三は同意を示すようにうなずいた。

紅璃夢の意見はもっともであったし、『ガラテア』の手がかりを見つけたい狂三としても、屋敷の中を調査するのには賛成だったのだ。

「とはいえ、一人で行動するのは危険ですわ。最低でも二人一組で動くようにいたしましょう――」

と、狂三が言ったところで、メイメイが申し訳なさそうに手を挙げた。

「あの――……こんなときにすみません。お手洗いに行きたいんですけど。誰か付いてきてもらえませんでしょうか。あっ、もし皆さんがよければ、ここでしてもいいんですけど……」

言って、メイメイが頬を赤くしながら、はぁはぁと息を荒くする。なんならちょっとここでやりたそうだった。

「……お付き合いいたしますわ。一人になるなとは申しましたが、お手洗いの窓は採光用でしたし、大丈夫でしょう。ただ一応念のため、鍵は閉めないでおいてくださいまし」

「あっ、はい。なんだかちょっとドキドキしますね……」

狂三が苦笑しながら言うと、メイメイはさらに頬を染めてきた。

「では、行ってまいりますわ。紅璃夢さんと頼子さんは、念のため何か武器になりそうなものを集めておいてくださいまし」

「え、ええ」

「わかりました」

狂三の言葉に、紅璃夢と頼子が首肯してくる。狂三は『ジャスミン』を片手に、メイメイのあとを付いて、廊下の最奥《さいおう》にあるトイレへと歩いていった。

「では、すぐ済ませますのでちょっと待っていてください」

「ええ。『アンジェリカ』さんをお預かりしておきましょうか？」

狂三が言うと、メイメイは首を横に振った。

「いえ、大丈夫です。やっぱりちょっと心細いので。それに――」

「それに？」

「最近、お嬢様に蔑まれるような目で見つめられていないと用が足せなくなってしまいまして」

「……そうですの」

狂三は疲れたように息を吐いた。世の中、色んな人がいるようだ。

メイメイがトイレに入り、扉を閉める。狂三の言い付け通り、鍵の音はしなかった。

だが、それから数十秒後――

『え……っ？　な、なんですかこれ！　むぐ……っ⁉』

トイレの中からくぐもった叫びと、ガタガタという騒音が響いてきた。

「……！　メイメイさん⁉」

トイレの中で何が起こっているのかはわからない。だが、緊急事態であることだけは理解できた。慌てて扉を開けようと、ノブを握る。

「な……っ⁉」

しかし、狂三がどれだけノブを回そうと、扉は開こうとしなかった。

メイメイが施錠《せじょう》するはずはない。かといってこの古びた扉に、遠隔操作式の電子ロックなどが搭載されているとも思えなかった。

『どうしますの、狂三さん！』

『ジャスミン』から、慌てたような茉莉花《まつりか》の声が響いてくる。狂三は眉を歪《ゆが》めると、ノブを回したまま、扉に体当たりをした。

すると──

「きゃ……っ!?」

先ほどまでの状態が嘘のように、扉がすんなりと開いた。狂三は勢い余ってその場に転びそうになってしまう。

しかし、そんなことには構っていられない。狂三は体勢を立て直すと、トイレの中を覗《のぞ》き込んだ。

そこには。

「メイメイ……さん──」

先ほどのササキと同じように、完全に魂を抜かれたメイメイが、力なく壁にもたれかかっていた。

「そんな……一体なぜ……」

狂三は訝《いぶか》しげに眉根を寄せたのち、ハッと肩を揺らして顔を上げた。

トイレの天井に設《しつら》えられていた換気口が、ぽっかりと口を開けていたのである。

「まさか、ここから……?」

するとそれに合わせるように、『ジャスミン』から再度声が響いてくる。

『狂三さん、「アンジェリカ」の姿がありませんわ。それに、メイメイさんのお顔、やはり赤い口紅が……』

「…………、どういうことですの、これは――」

言いかけて、狂三は息を詰まらせた。

「――きゃあっ！」

次の瞬間、狂三の背後から、甲高い悲鳴が響いてきたからだ。

「……！　紅璃夢さん」

後方を振り向き、狂三はそこにいた人物の名を呼んだ。どうやら騒ぎを聞きつけ、走ってきたようだ。

「申し訳ありません。油断しましたわ。メイメイさんまでもが――」

狂三は悔恨を込めてそう言ったが、途中で言葉を止めた。

紅璃夢の顔に浮かぶ恐怖の色が、狂三に向けられていることに気づいたからだ。

「ま、まさか……クルルエルさん、あなたが……」

「……っ、わたくしではありません。突然お手洗いの扉が開かなくなってしまったのですわ」

「開いてるじゃないですか！」

紅璃夢がトイレの扉を指さし、金切り声を上げてくる。

そしてそののち、何かに気づいたようにハッと肩を震わせた。

「そういえば、ササキさんのときも、鍵を開けたのはクルルエルさんでしたね……!? あ……そうよ、そもそも扉が開かないって言ったのもあなただけじゃない！ 私たちは扉に触れてさえいない……！ 最初から密室なんかじゃなかったんじゃ……！」

「紅璃夢さん！ 落ち着いてくださいまし！」

「うるさい！ もう騙《だま》されないわ！ あなたが主催者だったのね!?」

狂三が紅璃夢を宥《なだ》めようと叫ぶも、紅璃夢は聞く耳を持たず、ビッと狂三を指さしてきた。

「……冷静になってくださいまし。荒唐無稽過ぎますわ。一体なんの根拠があって――」

「今！ そのドール喋《しゃべ》ってたじゃないですか！」

狂三の言葉を遮るように紅璃夢が叫ぶ。……どうやら、茉莉花との会話を聞かれてしまっていたらしい。

「…………、ええと。それは、その」

狂三は頰に汗を滲《にじ》ませた。……犯人と目される会の主催者・ウェヌスは、『生きた人形』を皆に披露すると言っていた。いきなり人形が喋っている光景を見たならば、それを持つ狂三を黒幕と思うのも無理からぬことだった。

「……違うんですのよ。これは」

「いきなりしどろもどろになってるじゃない！」

紅璃夢《グリム》がキッと視線を鋭くしながら狂三を睨《にら》み付けてくる。もう完全に狂三を犯人と断定してしまっている様子だった。

するとそんな状況に焦《じ》れたのか、狂三の手の中の『ジャスミン』が声を発した。

『話を聞いてくださいまし！　この方は犯人ではありませんわ！』

「きゃあああああっ！　やっぱり喋ってるぅぅぅぅっ!?」

その声を耳にした紅璃夢は、凄《すさ》まじい悲鳴を上げ、廊下を走っていってしまった。

「……茉莉花さん」

『……すみません。狂三さんの疑いを晴らそうと思ったのですけれど』

「……お気遣い痛み入りますわ」

狂三は大きなため息を吐《つ》いたが、今はそれどころではない。一刻も早く自らの疑いを晴らさねばならなかったし、何より紅璃夢を一人にするのは危険過ぎたのである。

どうやら紅璃夢は廊下の先――自分に宛がわれた個室に逃げ込んだようだった。急いでそちらに走っていき、扉をノックする。

「紅璃夢さん、聞いてくださいまし。わたくしは犯人などではありません」

そして、訴えかけるようにそう言う。

しかし、いつまで経《た》っても扉の向こうからは声一つ聞こえてこなかった。

「――まさか」

嫌な予感が脳裏を掠《かす》める。狂三《くるみ》はノブを握ると、手に力を入れた。

鍵はかかっていないようだった。すんなりと扉が開く。

そして予想通り、部屋の中には――

「紅璃夢さん……」

ササキやメイメイと同じように、意識を失った紅璃夢が倒れ伏していた。

『そんな、紅璃夢さんまで……』

茉莉花が『ジャスミン』越しに痛ましそうな声を発してくる。

しかし狂三は、紅璃夢の身体《からだ》を調べることもせず、踵《きびす》を返して廊下を走っていった。

理由は単純。それより先に、確かめねばならないことがあったからだ。

『狂三さん、どこへ⁉』

「頼子《よりこ》さんの姿が見えませんわ！」

そう。紅璃夢と一緒に談話室に残っていたはずの頼子が、どこにもいなかったのである。

まさか頼子こそが、この事件の黒幕なのか。

それとも――

「…………っ！」

談話室に戻った狂三は、辺りを見回し、息を詰まらせた。

談話室の奥に位置する小さな物置。そこに、意識を失った頼子の姿があったのである。

身体はぐったりと弛緩《しかん》し、唇は皆と同じく赤く色付いていた。

状況から推測することしかできないが、恐らく紅璃夢と頼子は、狂三の要請に従って、武器になりそうなものを探していたのだろう。

だが、トイレから叫び声が聞こえてきたため、紅璃夢がそちらに向かい――一人残された頼子が襲われたのだ。

その惨状を目にして、狂三は渋面を作った。

「一体何が起こっているんですの……？」

『まさか、狂三さん以外の全員が昏睡《こんすい》してしまうだなんて……。えっ、狂三さん。ホントに犯人ではありませんわよね？』

「ずっと一緒にいたではありませんの」

狂三が半眼を作りながら言うと、茉莉花は『あっ、そういえばそうですわね』と返してきた。

「………………」

狂三は考えを巡らせた。

主催者・ウェヌスが、魔術工芸品《アーティファクト》を持っていることは、恐らく間違いない。

だが、そのウェヌスが一体どこにいて、どのような方法で以《もっ》てササキたちを襲ったのかが、まったくわからなかったのである。

『あの、狂三さん』

躊躇《ためら》いがちに茉莉花が声を掛けてくる。狂三は小さく吐息してから応じた。

「……なんですの？」

『皆さんをベッドに寝かせてあげた方がよいでしょうか……？　床に寝ていては風邪を引いてしまうかもしれませんし、メイメイさんや頼子さんはなんだか寝苦しそうですし……』

「……申し訳ありませんけれど、そんなことに気を遣っている余裕は――」

言いかけて、狂三はピクリと眉を揺らした。――思い返してみれば、四人が襲われた状況には、一つ共通点があったのである。

「全員、小部屋にいたところを襲われている……？」

そう。ササキと紅璃夢は自分の部屋、メイメイはトイレ、頼子は物置と、場所は違えど、全員隔絶された空間に一人でいる瞬間を狙われていたのである。逆に言えば、大部屋や廊下にいるところを襲われた人物は一人もいないのだ。

「何か理由が――」

と、そこで狂三は言葉を止めた。

廊下の方から、小さな足音のようなものが聞こえてきたのだ。

「……！　誰ですの⁉」

狂三は視線を鋭くしながらそちらに振り向いた。

狂三以外の参加者、及び執事は、全員昏睡してしまっている。彼女らの誰かが目覚めたのでなければ、その足音は狂三にとって好ましからざるものであるに違いなかった。

「な――」

しかし、覚悟を決めてなお、驚愕《きょうがく》が喉から漏れるのを止めることはできなかった。

とはいえそれも当然だ。

――幾体ものドールが、自らの足で歩いてくるなどという光景を目にしたならば。

「生きた……人形……？」

狂三は戦慄とともに声を漏らした。

『――、――』

『……、………、――』

『――、…………』

そう。煌《きら》びやかな服を纏《まと》った美しいドールたちが、声にならない声のようなものを響かせながら、ゆっくりとした足取りで狂三に迫ってきていたのである。それはまさに、『生きた人形』としか呼べないような光景だった。

正確な数は把握できないが、数十体は下るまい。よくよく見るとその中に、行方がわからなくなっていた『白雪《しらゆき》』、『†弑逆《しいぎゃく》のアニマ†』、『アンジェリカ』の姿もあった。

「これは……」

それを見て、微《かす》かに眉を歪《ゆが》める。

そして、気づく。人形たちの動きが、狂三に直接襲いかかるというよりも、狂三を脅《おど》かし、別の場所へ追い込もうとしているものであることに。

『やはり魔術工芸品《アーティファクト》……！　この子たちが紅璃夢さんたちを⁉』

茉莉花《まつりか》が狼狽《ろうばい》の声を上げる。カメラ越しとはいえ、何体ものドールが迫ってくる光景はかなりの恐怖映像だろう。

「さて。どうですかしら――ねっ！」

しかし、狂三はドールたちから逃げることはせずに、壁際《かべぎわ》に飾ってあった花瓶を手に取ると、ドール目がけて投げつけた。

甲高い音とともに花瓶がドールの足元に炸裂《さくれつ》し、陶片と花びら、水が飛び散る。

『…………！』

『――、――――！』

まさか狂三が反撃してくるとは思っていなかったのか、ドールたちが泡を食ったように逃げていく。

やがて談話室に、再び静寂が戻ってきた。

「あら……？」

と、狂三はぴくりと眉を動かした。

部屋の入り口に、手燭《てしょく》が転がっていることに気づいたのである。多分、頼子が持っていたものだ。

無論、ただの手燭であれば狂三も気には留めなかった。その手燭は、持ち手の部分を腕のように動かしながら、必死に談話室から出ようとしていたのだ。まるで、人形たちに置いていかれてしまったかのような様子だった。

『な、なんですの、あれは……』

「…………」

狂三は油断なく気を張りながらそちらに歩み寄り、手燭を手に取った。

『…………！』

手燭が慌てたように、身体（？）をジタバタと動かす。……なんだかものすごく気味が悪かった。

しかし狂三は構わず、その手燭を矯《た》めつ眇《すが》めつ見つめると、とあるものを発見して目を細めた。

「これは……」

『キスマーク……ですの？』

茉莉花もカメラ越しにそれを発見したのだろう。不思議そうに声を上げてくる。

そう。手燭の皿の裏に、真っ赤な口紅の跡が認められたのである。

「……ふむ」

狂三は小さく唸《うな》ると、親指でそのキスマークを拭い取ってみた。

するとその瞬間、生物のように蠢《うごめ》いていた手燭がビクンと震え、それきり普通の手燭に戻ったように動かなくなった。

「——」

その光景を見て、狂三は小さく息を詰まらせた。

魔術工芸品《アーティファクト》『ガラテア』。人形に人間の魂を移植する工芸品。昏睡した参加者たち。消えたドール。残された痕跡——

鏤《ちりば》められた全ての要素が、狂三に一つの可能性を示したのである。

「まさか」

言葉を零《こぼ》しながら、周囲を見回す。

その様子を見てか、茉莉花が声を発してきた。

『どうかされましたの、狂三さん？』

「……ええ。推理の時は刻まれましたわ。全てわかりました。犯行の方法も、犯人がどこに潜んでいるのかも」

狂三が言うと、茉莉花は驚いたように息を詰まらせた。

『ほ、本当でして？　犯人は一体どこにいるんですの⁉』

茉莉花が問うてくる。狂三は細く息を吐くと、手燭を机に落ち着けた。

「——茉莉花さん。『ガラテア』は、人間の魂を人形に移植する魔術工芸品《アーティファクト》……なのですわよね？」

『え、ええ。それが？』

「ならば続けて質問ですわ。――人形とは、一体なんなのでしょう」

『え……？』

茉莉花がキョトンとした様子で返してくる。声を発しているのがドールの『ジャスミン』なので、己の存在意義を問われて呆然《ぼうぜん》としているように見えなくもなかった。

『それは……人の形を模したもの……ですわよね？』

「ええ。ですが、そもそも何を以て、それが人の形を模していると定義するのでしょう。顔があれば？　手足があれば？　人の脳は、点が三つあるだけでそれを顔と認識してしまうこともあるというのに」

『つまり……使用者の認識次第で、どんなものにでも魂を移せる……ということですの？』

「その通りですわ。――そして会の主催者・ウェヌスさんは、最初からこの場にいらっしゃったのですわ。とあるものに、自らの魂を乗り移らせて」

『とあるもの……一体なんですの⁉』

茉莉花の問いに、狂三《くるみ》はゆっくりと天井を仰いだ。

「――このお屋敷そのものですわ」

狂三が言った瞬間。

家鳴りのように、屋敷が軋《きし》みを上げた。

『ひ……っ！』

茉莉花が、怯《おび》えるように声を詰まらせる。

しかし狂三は、至極落ち着いた様子で言葉を続けた。

「……おかしいとは思っていたのですわ。何もないところから感じる視線に、都合よく開閉する扉……しかし環境そのものが犯人とするのなら、全て説明が付きますわ」

『で、では、先ほどの人形たちは……』

「恐らく、魂を抜き取られた被害者たちでしょう。『白雪』さんや『アンジェリカ』さんの姿もありましたわ。――わたくしに助けを求めていたのか、犯人に脅されていたのかはわかりませんけれど」

言いながら、先ほどまで動いていた手燭を見やる。

「あの手燭は、頼子《よりこ》さんか、以前雇われていた執事さん……といったところでしょうか。手頃な人形がなかったので、適当なものに魂を移されてしまったのかもしれませんわね。まあ、お陰で人形以外のものに魂を移せる可能性に気づけたのですけれど」

『で、でも、それがわかったとして、どうしますの？　お屋敷そのものが犯人だなんて……お腹《なか》の中にいるも同然ではありませんの！』

　茉莉花が悲鳴じみた声を上げる。

「そうですわね。茉莉花さんの言う通りですわ。目に映るもの全てが敵と言っても過言ではありません。なんとも絶望的な状況ですわ」

『く、狂三さん……』

　でも、と狂三は続けた。

「ただしそれは、わたくしがこの場から逃げることのみを考えた場合の話ですけれど」

『え――』

　茉莉花の呆然とした声を聞きながら、狂三は床を蹴り、談話室から廊下へと駆け出していた。

『狂三さん、何を……！』

「ウェヌスさんがこのお屋敷に乗り移っているのならば、それを解除して差し上げればよいのですわ」

『解除……そんなことが⁉』

「ええ。わたくしの予想が正しければ、お屋敷のどこかに、『ガラテア』の印があるはず。

それを見つければ――」

瞬間、狂三はその場に跳び上がった。

廊下の壁が波のようにうねり、狂三の足を払おうとしてきたのである。

『きゃぁっ⁉　な、なんですのーっ⁉』

「ふふ、ウェヌスさんもなりふり構わなくなってきましたわね」

狂三はニッと唇の端を歪めると、フリルで飾られたスカートの裾を揺らしながら廊下を駆け抜けた。

床が震え、壁が隆起し、調度品や小物が飛び交う。まるでポルターガイスト現象を見ているかのようだった。

なるほど、ここまで自由に館内を操れるのならば、被害者たちを拘束することも容易《たやす》いだろう。

犯行現場が全て小部屋だったことにも得心がいく。大部屋や廊下よりも壁までの距離が狭く、逃げ場がないためだ。

『あひゃぁぁぁぁあっ⁉　のぉぉぉぉ――――っ⁉』

小脇に抱えた『ジャスミン』から、茉莉花の悲鳴が響き渡る。狂三は呆《あき》れたように息を吐いた。

「なんで茉莉花《まつりか》さんがそんなに叫びますの」

『いや逆になんで狂三さんはそんなに落ち着いていられますの⁉』

「まあ、昔いろいろありましたので。物理法則を書き換えられたり、絶対死ぬビームとか撃たれたりしないだけまだマシではありませんこと？」

『なんの話ですのぉぉぉぉっ⁉』

茉莉花の悲鳴のみをその場に残し、狂三は階段を駆け上がった。

慌てたように木製の階段が崩れ去るも、遅い。大きく跳躍した狂三は二階の廊下に至り、その勢いのまま、寝室の扉を蹴破った。

そう。もしも『ガラテア』の印があるとしたら、立ち入りが禁じられていた主人の部屋なのではないかと当たりを付けていたのである。

「――ビンゴ、ですわ」

狂三は、目を細めながら言った。

部屋の最奥《さいおう》の壁に、赤いキスマークが認められたのである。

『あれは……手燭にあったものと同じ……？』

「ええ。恐らく『ガラテア』とは、口紅の形をした魔術工芸品《アーティファクト》なのではないでしょうか。それを唇に施し、人形に口付けることにより、対象の魂をそれに乗り移らせるのですわ」

被害者の唇には、例外なく赤い口紅が施されていた。恐らくそれを介して、魂を抜かれてしまったのだろう。

『なるほど……ならばあれを消せば！』

「ええ。この屋敷とウェヌスさんの繋《つな》がりは解除されるのではないかと」

ただ、と狂三は続けた。

「ここからが正念場ですけれど」

そう。キスマークがあるのは主人の寝室の最奥。被害者たちが襲われたのと同じ個室である。壁同士の距離が近く、必然、相手としては狂三を捕らえやすくなるはずだった。

しかし、このまま呆然と立ち尽くしているわけにもいかない。狂三は意を決すると、寝室の中に身を躍らせた。

瞬間、それを待ち構えていたかのように、寝室の壁が、床が、天井が、そして部屋に配置されていた家具が狂三を襲う。

「く――！」

狂三は軽やかに身を翻《ひるがえ》し、それらを避けていたが、やがて逃げ場を塞がれ、カーテンに足を搦《から》め捕られてしまった。

『狂三さん！』

茉莉花の声が、随分と窮屈に変形してしまった部屋の中に響き渡る。

するとまるでそれに合わせるかのように、どこからか、軋みのような声が聞こえてきた。

『──私の友達──誰にも──させない──』

家鳴りのようなそれは、しかし人の声のようでもあった。

狂三は苦しげに身を捩《よじ》りながらも、不敵に微笑《ほほえ》んでみせた。

「ようやくお話しできましたわね、ウェヌスさん。本当なら、人の姿でお会いしたかったところですけれど」

狂三が言うと、声はさらに大きく響き渡った。

『あなたも──友達に──してあげる──』

「あら、あら……」

狂三は目を細めると、ニッと唇を歪《ゆが》めた。

「わたくしも人形にするつもりですの？　うふふ──ならばお望み通りにして差し上げますわ」

『──え──』

狂三の言葉に、声が、意表を突かれたような色を帯びる。

次の瞬間、狂三は右手の親指で、自らの唇をなぞった。

——先ほど手燭《てしょく》に付いていた口紅を拭い取った親指で。

「魔術工芸品《アーティファクト》『ガラテア』——その力を示してくださいまし」

そして狂三は、真っ赤に色付いた唇で、手にしていたドール『ジャスミン』に口付けた。

瞬間——

「————」

まるで眠りに落ちるかのように、狂三の意識は闇に呑《の》まれていった。


しかし、それも数瞬のことである。

『——あら、あら……』

一度使用された『ガラテア』がもう一度効果を発揮してくれるかは賭けではあったが——どうやら成功したようだ。

『ジャスミン』の身体《からだ》に乗り移った狂三は、不敵に声を上げた。

『お人形の身体とは、このような感覚ですの。ふふふ、老いも病もない身体というのは、魅力的ではあるかもしれませんわね——』

ですが、と、狂三は、球体関節を動かし、壁のキスマークに視線を向けた。

『それは束《つか》の間の夢ですわ。あなたもそろそろ、目を覚ます時間ではありませんこと?』

『――ひ――』

怯えるような声が響き渡り、部屋の壁が震える。

ドールの身となった狂三《くるみ》は軽やかに身を躍らせると、最奥の壁に至り――

『それではごきげんよう、ウェヌスさん。――次お目にかかるときは是非人の身で』

服の裾を擦り付けるようにして、キスマークを消し去った。

◇

「――闇を払うのは(中略)暴力ですわーっ!」

森の洋館での事件から数日後。

時崎《ときさき》探偵社の扉を元気よく開け放ったのは、当然茉莉花だった。いつものように綺麗《きれい》なドレスを身に纏《まと》っており、髪のドリル具合も絶好調である。今は手に、銀色のアタッシェケースを握っていた。

「重要な部分を略さないでくださいまし」

狂三は半眼を作りながら答えると、ゆっくりとそちらに向き直った。

無論、今の狂三は生身の身体である。洋館の事件を解決するために一度『ジャスミン』

に乗り移った狂三ではあるけれど、その後キスマークを拭い去ったところ、意識がもとの身体に戻っていたのだ。

なお、その後屋敷《やしき》をくまなく探したところ、空き部屋から無数の『生きた人形』が発見された。やはり彼女らは狂三の予想通り、ウェヌスの手によって魂を移植された『ドールハウス』の会員たちだったらしい。今はキスマークを消し去られ、皆もとの身体に意識が戻ったとのことだった。

「それで、何かご用ですの？」

「ええ。これを」

言って、茉莉花が手にしていたアタッシェケースをテーブルの上に置き、開いてみせる。

その中には、精緻な細工の施された小瓶と、紅筆が収められていた。

「これは……」

「魔術工芸品《アーティファクト》『ガラテア』ですわ」

「……！」

茉莉花の言葉に、狂三は思わず目を丸くした。

「ということは、犯人が見つかったのですわね？」

「はい。あの屋敷の所有者を辿《たど》ったところ、とある人物に行き当たりまして。今回の件《くだん》の証拠を突き付けて問い詰めたところ、存外素直に白状していただけましたわ」

「そうですの。……一体どんな人物でしたの？」

「ええと——確かお名前は形代愛美《かたしろあいみ》さん。中学生の女の子ですわね」

「……中学生？」

狂三は怪訝《けげん》そうに眉根を寄せた。

「茉莉花さんのお家《うち》から消えた魔術工芸品《アーティファクト》を持っているということは、強奪犯の一味なのではありませんの？」

「詳しいことはこれから調べますけれど……どうやら、お亡《な》くなりになったお祖父《じい》様宛てに届いた小包の中に、これが入っていたそうですの」

「ふむ……」

首を捻《ひね》りながら腕組みする。——その子の祖父と、魔術工芸品《アーティファクト》を奪った犯人になんらかの関係があったということだろうか。まあ、責任を逃れるために嘘《うそ》を吐《つ》いているという可能性もなくはなかったけれど。

「それで、その愛美さんが、一体なぜこんなことを？」

「なんでも、幼い頃から病気がちでずっと入院していたそうで……。友達が欲しくて、人の魂を宿した人形を集めていたようですわ」

「…………、そうですの」

茉莉花の言葉に、狂三は遠い目をしながら、ふうと吐息した。

「その境遇には同情しますけれど、だからといってあのような凶行に及んでいい理由にはなりませんわ」

言いながら、狂三は自嘲気味に笑ってしまった。――茉莉花の手前、綺麗事を述べたが、狂三にそれを言う資格があるはずもなかったのだ。

「茉莉花さん。その愛美さんの入院している病院を教えてくださいまし」

狂三が言うと、茉莉花は頬に汗を滲《にじ》ませた。

「それは構いませんけれど……貴重な証人になる可能性もあるので、できれば命ばかりは……」

「わたくしをなんだと思っておられますの」

「え、では何をするつもりですの？」

茉莉花が不思議そうに尋ねてくる。

狂三は、目を伏せながら答えた。

「――友達を一人、増やそうかと思いまして」

The artifact crime files
kurumi tokisaki

Case File
III

唾棄すべき味ですわ

狂三リストランテ

テーブルの上に置かれたキャンドルの炎が、正面に座る女性の顔を妖しく照らしていた。

否《いな》——『顔』というのは語弊があるかもしれない。

何しろそこにいた女性は、顔の上半分を、精緻な装飾の施された仮面で覆い隠していたのだから。

その上、身に纏っているのは煌《きら》びやかなドレス、髪は見事な縦ロールに巻かれているときたものだ。まるで仮面舞踏会の参加者か、夜のお店の女王様といった様子である。あまりに胡散臭《うさんくさ》すぎて、もはや怪しくない箇所を探す方が困難だった。

「——あら」

と、狂三の視線に気づいたように、仮面の女性がぴくりと反応を示す。

「狂三さん。あたくしの顔に何か付いていまして？」

そしてそう言って、小さく首を傾《かし》げてくる。見た目の奇妙さに反して、なんとも気安い調子の声音だった。

それもそのはず。今狂三の目の前に座っている謎の女性は、狂三の同級生兼後援者、栖《す》空辺《からべ》茉莉花《まつりか》その人だったのである。

「ええ、まあ。付いていると言えばだいぶ大仰なものが付いておられますけれど」

「えっ」

肩をすくめながら狂三が言うと、茉莉花は驚いたように顔をペタペタと触り始めた。

が、やがて狂三が言っているのが仮面のことだと気づいたのだろう。「もう」と唇を尖《とが》らせてきた。

「それを言うなら、狂三さんも同じではありませんの」

「…………」

言われて、狂三は仮面の奥で渋面を作った。

そう。茉莉花の言うとおり、狂三もまた、黒のドレスに身を包み、奇妙な意匠の仮面で顔を覆い隠していたのである。

無論狂三も、好き好んでこのような格好をしているわけではないが、今はそうも言っていられない。狂三は無言で、周囲に視線を巡らせた。

狂三たちがいたのは、仄暗《ほのぐら》いレストランのホールだった。等間隔にテーブルが配置され、そこに数名ずつ客が着いている。恐らく総人数は三〇名程度にはなるだろう。

その全てが皆、狂三たちと同様に、顔に仮面を着けていたのだ。

──まるで、ここに自分がいるという事実を、希釈しようとしているかのように。

恐らく皆、この店に通っているということを周囲の人間に知られたくないのだ。

理由や原理はわからずとも、なんとなく理解できているのだろう。

自分たちが手を出しているものが、常識の埒外《らちがい》に在る『何か』であるということを。

と、狂三がそんなことを考えていると、数名の給仕《きゅうじ》が、ワゴンを押しながらホールに入ってきた。

皆若い女性だ。顔を仮面で覆い隠しており、それと反するように、首から下は下着のような軽装しか身に着けていなかった。その異様な光景が、ホールの異常性をさらに増した。

給仕の登場に、客たちが色めき立つ。

とはいえそれは、うら若き乙女の柔肌に興奮しているというわけではないらしい。

客の視線は、給仕たちの運ぶワゴンの上——銀の蓋に覆われた料理にのみ注がれていた。

「狂三さん」

「ええ、いよいよですわね」

茉莉花の言葉に、静かにうなずく。

するとそれに合わせるように、狂三たちのテーブルにも、給仕がやってきた。

「お待たせいたしました」

よく通る声でそう言って、給仕が狂三たちの前に皿を落ち着ける。

「まずは前菜でございます。

――めくるめく神秘の世界を、是非お楽しみくださいませ」

そして大仰な表現とともに、給仕が銀の蓋を持ち上げていった。

◇

『――というわけで、本日はドラマ「春爛漫《はるらんまん》」に出演中の女優、田畠妙《たばたたえ》さんにお越しいただきました。奇跡の五〇代と称される田畠さんの、若さの秘訣《ひけつ》に迫ります――』

テレビから流れるそんな音声をなんとはなしに聞きながら、時崎狂三は紅茶を一口啜《すす》った。

休日の昼下がり。駅のほど近くに位置する『時崎探偵社』の応接スペースである。別に探偵としての仕事があるわけではないのだが、アクセス抜群の好立地のため、最近は読み物書き物調べ物など、様々な用途にここを利用することが多かった。

テレビも適当につけているだけで、番組の内容にそこまで興味があったわけではない。実際狂三の手には本が開かれており、視線はその紙面に注がれていた。完全な無音状態よりも適度な環境音があった方が集中できるため、BGM代わりに適当な番組を流していたのだ。

と、狂三が本のページを捲《めく》ったところで。

「――事件ですわぁぁぁぁぁぁぁぁぁぁぁぁぁぁ――――っ！」

適度な環境音と呼ぶには大きすぎる叫びとともに、何者かが部屋に転がり込んできた。

「…………」

狂三《くるみ》は来訪者の顔を確かめるまでもなく、ふうとため息を吐《つ》いた。

その声には嫌というほど聞き覚えがあったし、そもそもそんな奇行に及ぶ知り合いは一人しかいなかったのである。

「茉莉花さんは重機に喩《たと》えるとブルドーザーですわよね」

「まず乙女を重機に喩えようとしないでくださいまし⁉」

半眼を作りながら言うと、来訪者――栖空辺茉莉花は、不満そうに声を上げてきた。

極めて動きづらそうなドレスを身に纏《まと》った、この上なくお嬢様然とした少女である。かなりのスピードで走ってきたというのに、自慢の縦ロールは一切乱れていなかった。

いろいろと指摘したいところはあったが、もうそれは慣れっこであったし、何より今は、それよりも気になることがあった。静かな口調で問う。

「事件――ということは」

「ええっ！　また魔術工芸品犯罪《アーティファクト・クライム》が起こったのですわっ！」

狂三の言葉に、茉莉花が、ぐっと拳を握りながら返してきた。

魔術工芸品《アーティファクト》とはその名のとおり、魔術師によって創り上げられた、人智《じんち》を超えた力を持つ道具の総称である。

たとえば、ひとたび放たれたなら、如何《いか》な距離を隔てようと必ず目標に当たる弾丸。

たとえば、人間の魂を人形に固着させてしまう口紅。

そのような道具が犯罪に用いられたなら、尋常でない被害が出てしまうのは明らかである。

狂三がいるこの場所――時崎《ときさき》探偵社は、魔術工芸品《アーティファクト》によって引き起こされるであろう不可能犯罪に対応するため、茉莉花が（勝手に）作った拠点だったのだ。

「またですの。――まあ、人智を超えた力を手に入れてしまったなら、それを試してみたくなる気持ちはわからなくもありませんけれど」

狂三はあごを撫《な》でるような仕草をしながら「それで」と続けた。

「今度は一体どんな事件が起こりましたの？」

「ええ――」

茉莉花はそこで、何かに気づいたようにテレビを指さした。

「あっ！　これ、これですわよ！」

「……これ？」

訝《いぶか》しげな顔を作りながら、狂三はテレビに視線を向けた。

映し出されているのは、よくあるお昼の情報番組である。今日は往年の名女優をゲストに招き、その若さの秘訣についてインタビューを行っているようだった。

「この番組が何か？」

「この女優、田畠妙さんですわよね。彼女、今年で五四歳らしいのですが——少々若々しすぎるとは思いませんこと？」

「……？」

言われて、狂三は目を細めながら画面を見やった。

確かに、年齢の割にはかなり若々しい。肌にはハリがあり、皺《しわ》もほとんど見受けられなかった。メイクや撮影などの技術も当然あるのだろうが、それを差し引いたとしても少々異常なレベルである。

「言われてみればそうですわね。『あおいろ』の頃からほとんど変わっていないように見えますわ」

「『あおいろ』？」

「昔彼女が主演を務めていたドラマでしてよ。大変な人気で、放送の翌日はよく話題に上っていましたわ」

「まるでリアルタイムで見られていたかのような口ぶりですわね。狂三さん今お幾つですの？」

「…………もちろん茉莉花さんと同い年ですわよ？」

狂三は目を逸《そ》らしながらそう言うと、気を取り直すようにコホンと咳払《せきばら》いをした。

「それよりも、この方が若々しいからといってなんなのですの？　女優さんですし、美容には気を遣っておられるのでは？」

「調査してみたところ、この方、最近とあるレストランに通っておられるようですの」

「レストラン……？」

「ええ。なんでもそのお店は、『若返りの料理』とやらを出すそうですわ」

「ふむ――」

茉莉花の言葉に、狂三は微《かす》かに眉根を寄せた。

無論、そんなものはよくあるキャッチコピーだ。普通に考えるなら、スーパーフードや抗酸化作用の高い食材を用いた料理といったところが関の山だろう。

だが、狂三と茉莉花は知っていた。この世界に、そんな荒唐無稽な料理を実現する術《すべ》があることを。

「『若返りの料理』……もしそんなものが実在するとするなら……」

狂三は小さく唸《うな》りながら、先ほど目を通していた本を再び手に取った。

それは、栖空辺《すからべ》家《け》に所蔵されていた魔術工芸品《アーティファクト》の名を記した目録であった。……まあ、もっと正確に言うのなら、本物の目録は他の魔術工芸品《アーティファクト》とともになくなってしまったため、茉莉花《まつりか》の記憶を頼りに書き出した、不完全なものではあったのだけれど。

とはいえ、常識の尺度では測れない事件を解決せねばならない狂三にとって、貴重な羅針盤であることに変わりはない。手書きの文字に視線を這《は》わせながら、ページを繰っていく。

今までの事件で手に入れた『魔弾』に『ガラテア』。

その他にも、身体《からだ》を透明化する『ギュゲスの指輪』、人の精気を吸い取る『吸血鬼の牙《ヴァンピール》』、相手を眠らせる『ヒュプノスの杖《つえ》』など、悪意ある者の手に渡れば恐ろしい被害を引き起こすであろう魔術工芸品《アーティファクト》が、無数に記載されている。

そんな中、狂三はとあるページで手を止めた。

「魔術工芸品《アーティファクト》、『ネクタル』――」

狂三がその名を読み上げると、茉莉花が同意を示すようにこくりとうなずいてきた。

「ええ。一口飲むだけで力が漲《みなぎ》り、老いた身体でさえ全盛期の活力を取り戻すと言われる魔導薬ですわ。もしそんなものを材料に使っていたとしたなら、『若返りの料理』というのも、大げさな表現ではないと思いませんこと？」

「……確か、ギリシャ神話に登場する不老不死の霊酒の名前でしたわよね？　まさか本当にそんなものが？」

「いえいえ。神話から名前を拝借しただけで、さすがにそこまでの効力はありませんわよ。ただ、強壮剤としては一級品ですわ。免疫のない一般人にとっては、まさに魔法の薬と言っても過言ではないでしょう」

「なるほど……」

狂三は考えを巡らせるように腕組みしながら、小さく首を傾《かし》げた。

「ところで、魔術工芸品犯罪《アーティファクト・クライム》と仰《おっしゃ》いますけれど、今回はどの辺りが犯罪ですの？」

「えっ？」

狂三の言葉に、茉莉花がキョトンと目を丸くした。

「仮に『若返りの料理』に魔術工芸品《アーティファクト》が使われていたとして、お客さんには喜ばれているわけですわよね？　それで犯罪呼ばわりするのは……」

「いや、そもそもうちの蔵にあった魔術工芸品《アーティファクト》を盗み出し、お金儲《かねもう》けに使っている時点でアウトですわよね⁉」

茉莉花が上擦った声で言ってくる。狂三は「ああ、そういえばそうでしたわね」とヒラヒラと手を振った。

無論、本気で忘れていたわけではない。少々茉莉花をからかっただけだ。茉莉花はそれに気づいているのかいないのか、ぷくっと頬を膨らせていた。

「まあ、そのような噂《うわさ》がある以上、調査してみる価値はあるかもしれませんわね。まずは『若返りの料理』とやらが本物かどうか確かめましょう。——茉莉花さん、お店の予約をお願いしてもよろしいですか？」

「そうしたいのはやまやまなのですけれど……」

「……？　何か問題でも？」

狂三が問うと、茉莉花は難しげな顔を作りながらうなずいた。

「そのレストラン、完全会員制で、コースが一食五〇〇万円するそうですの」

「ぶふっ⁉」

その発言に、狂三は思わず咳《せ》き込んだ。

茉莉花がさもあらんというように腕組みしながら首肯する。

「やっぱり会員制というのがネックですわよね。今から申し込んでも一年待ちだそうですし。今なんとかならないものかと方々に手を回しているところなのですけれど……」

「……あ、気にするのはそちらなんですのね」

法外な食事代の方にはまったく言及しない茉莉花に、狂三は汗を滲《にじ》ませた。一食五〇〇万、もし二人で行ったら一〇〇〇万になるはずだが、そちらはあまり気にしていないらしい。改めて栖空辺家の財力がちょっと怖くなる狂三だった。

とはいえその情報で、『若返りの料理』とやらの怪しさが数段上がったのは事実である。

正直なところ、茉莉花の勘違いという可能性もあり得ると考えていた狂三ではあるが、実際に効果が実感できなければ、そんな高価なレストランに人が通い詰めることなどあり得まい。

「なんとかして調査せねばなりませんわね。しかし一体どうしたものでしょう」

と、狂三が悩んでいると、茉莉花が自信ありげに「ふっふっふ」と笑みを漏らしてきた。

「ご心配なさらず。こんなこともあろうかと、ちゃんと用意しておきましたわ！」

そう言って、茉莉花がバッと紙のようなものを取り出す。

「……？　これは……」

「履歴書ですわ！」

「……わたくしの写真が貼ってありますけれど」

「こちらで添付しておきましたわ！　あっ、ご安心を！　万が一のときのため、住所や経歴は偽装してありますわ！　連絡先の携帯電話はこちらが用意したものを使ってくださいませ！」

「………」

茉莉花の意図を察し、狂三《くるみ》は眉根を寄せながら汗を滲ませた。

◇

それからおよそ二週間後。

「――はい。では時崎さん、挨拶を」

「今日からお世話になります、時崎狂三と申しますわ。至らぬ点もあるかと思いますが、何卒《なにとぞ》よろしくお願いいたします」

市街の外れにぽつんと佇《たたず》む会員制レストラン『Nid de Pigeon《ニッド・デ・ピジョン》』にて。

狂三は完璧な営業スマイルを浮かべながら、同僚のホールスタッフたちにぺこりと頭を下げた。

結局狂三は、茉莉花の用意した履歴書を使って、アルバイトとしてレストランに潜入していたのである。

正直気は進まないが、仕方あるまい。何しろ他に茉莉花が出した案は「営業終了後にこっそり店に忍び込む」、「店の裏口でスタンバイし、生ゴミが出るのを待つ」だったのだ。

別に今さら犯罪行為に手を染めることに忌避感があるなどと言うつもりはないが、単純に不法侵入はリスクが高かったし、生ゴミを漁《あさ》るのは心情的に避けたかった。

その点、従業員として相手の懐《ふところ》に入り込むのは、面倒こそあるものの、情報収集の観点から見ればむしろ常道であるし、運がよければ賄いとして『若返りの料理』の試作品などを口にする機会があるかもしれないと考えたのだ。

しかし一言でアルバイトといっても、入り込むのは一苦労であった。時給が非常に高いためか応募数も多いようだったし、多数の有名人がお忍びで通うからか、秘密保持が厳守できるかのチェックも徹底していたのである。数多《あまた》の候補者を蹴落とし、スタッフの座につくことができたのは、ひとえに狂三のバイタリティと教養の賜物《たまもの》という他ない。

「……まあ、この制服は想定外でしたけれど」

狂三は誰にも聞こえないくらいの声で、ぽつりと言葉を零《こぼ》した。

そう。今狂三は、店で支給された『制服』を身に纏《まと》っていたのだが、それが高級レストランの店員としては少々アバンギャルドすぎるというか、布面積が少なすぎるというか……一言で言うと、水着かランジェリーのような装《よそお》いだったのである。

狂三の表情からその思案を察したのか、ホール責任者の薄井絹恵《うすいきぬえ》が苦笑しながら肩をすくめてきた。二〇代半ばくらいの、長身の女性である。当然の如《ごと》く狂三と同じ制服を身に着けている。

「ああ、この格好でしょ。驚くわよね。——まあ、でもそういうお店じゃないから安心して。そもそも、うちのお客さん女性限定だし。店のトータルデザインってやつよ。非日常を売るっていうか。美味《おい》しい料理を提供するだけじゃ一流の店とは言えないんだってさ」

「はあ……そういうものですの」

「ちなみに接客時はこれも着けてもらうわ」

「なんですのそれは」

「仮面」

「本当に怪しいお店ではありませんのよね？」

絹恵が手にした仰々しい仮面を見て、思わず渋面を作ってしまう。当の絹恵や他のスタッフたちは可笑《おか》しそうに笑っていた。格好自体は怪しいことこの上ないが、職場の雰囲気は悪くなさそうである。

と——

『………………！』

不意にスタッフたちがぴくりと肩を揺らしたかと思うと、すぐさま表情を緊張させて直立した。

「え……？」

一瞬呆気《あっけ》に取られる狂三だったが——すぐにその原因に気づく。

狂三たちのいたバックヤードの扉が開いたかと思うと、そこからコックコートを着た小柄な少女が入ってきたのである。

少女——そう、少女だった。見たところ、高校生といったところだろうか。少なくとも、居並んだスタッフたちよりも年下にしか思えない。そのためか大仰なコックコートが、まったく似合っていなかった。まるでコスプレか、職業体験に来た学生といった様子だ。

「あー、みんな。今日もお仕事頑張ろうねぇ」

少女はぼうっとした調子で言うと、ひらひらと手を振った。

それに応ずるように、絹恵がこくりとうなずく。

「はい。——あ、オーナー。こちら、この間面接した時崎《ときさき》さんです。今日からホールに入ってもらいます」

「……！　オーナー……？」

その言葉に、狂三は微《かす》かに眉根を寄せた。

それはそうだ。今目の前にいる少女は、オーナーと呼ばれるには少々若すぎる気がしたのである。

「…………」

だが、すぐに思い直す。

考えてみれば道理ではある。もしも料理人が魔術工芸品《アーティファクト》の力を借りて『若返りの料理』などというものを完成させたとしたなら、最初にそれを食べるのは、客ではなく料理人自身であるに違いない。

「失礼。時崎狂三と申しますわ。よろしくお願いいたします」

「あい。オーナーシェフの御厨鳩子《みくりやはとこ》ちゃんです。よろぴく。基本厨房《ちゅうぼう》に籠もってるから、ホールのお仕事は絹《きぬ》ちゃんに聞いてネ」

言って、昔のアイドルのような横ピースをしてみせる。見た目は年若いが、所作に年代を感じた。

「うんじゃ、そろそろお客さん来るから、あとはいつもの感じでお願いねぇ」

「はい。お任せを」

絹恵が直立のまま応えると、鳩子はゆらゆらとした足取りで去っていった。

その背を見送ったのち、狂三はふぅと息を吐いた。

「今の方がオーナーシェフ……ですの？　なんというか、変わった方ですわね」

「あっはっは、そうねぇ。確かにだいぶ変わり者かも。基本厨房から出てこなくて、私たちも一日二、三回顔見るかどうかってところだし。全ての能力を料理に振り切った天才って感じ？」

「随分とお若いように見えましたけれど……」

「あー、ね。私も初めて見たときびっくりしちゃった。オーナーシェフなんてやってるんだし、さすがに未成年ってことはないと思うけど」

でも、ほら、と絹恵が続けてくる。

「あなたも知ってるでしょ？　この店の触れ込み」

「――『若返りの料理』」

狂三が言うと、絹恵はこくりとうなずいた。

「まあ、どこまで効果があるものかわからないけど、オーナーがあの容姿だと説得力あるわよね。実際、世のセレブ女性がお忍びで通い詰めるくらいには人気あるみたいだし」

「……確かに」

狂三は納得を示すようにあごを撫《な》でながら、続けた。

「薄井さんは、オーナーの料理を召し上がったことがおありになりまして？」

目を細めながら狂三が問うと、絹恵は大仰に肩をすくめた。

「それが、ないのよねぇ。この店給料はいいけど、残念ながら賄いとかはないの。まあ、コースの値段考えたら仕方ないかもしれないけどさ。——あ、もしかして時崎さん、ちょっと期待してた？」

「………、ええ、実は。もしかしたら噂《うわさ》の料理が食べられるかも、と思っていたのですけれど」

一瞬の逡巡《しゅんじゅん》ののち、狂三は正直にそう答えた。

絹恵が魔術工芸品《アーティファクト》のことを知っていて、こちらの目的に探りを入れている——という可能性も考えないではなかったが、ここでとぼけるのはかえって怪しく見えてしまう気がしたのである。

「あはは、やっぱ？　残念だったわね。まあここでいっぱい稼いで、いつかお客様として来られるように頑張りなさいな」

絹恵は快活に笑いながら狂三の背を叩《たた》くと、スタッフたちの方に向き直った。

「さて、じゃあみんな、開店準備に取りかかってちょうだい」

『はい！』

スタッフたちが応え、開店準備に取りかかり始める。

それを確認してから、再度絹恵が狂三の方に目を向けてきた。

「時崎さんも、さっき教えたようにお願い。何かわからないことがあったら遠慮せずに聞いてね」

「ええ――」

狂三は視線と耳で周囲の様子を窺《うかが》いながら、言葉を続けた。

「では早速一つ教えていただきたいのですけれど」

「ん？　何？」

「お手洗いの場所はどこでしょう」

冗談めかした調子で狂三が言うと、絹恵が苦笑しながら肩をすくめた。

「そっちの廊下の突き当たりを右よ。そろそろ開店だから遅れないようにね」

「はい。すぐに戻りますわ」

絹恵がひらひらと手を振ってくる。狂三は軽く一礼したのち、部屋を出ていった。

とはいえ無論、本当にトイレに行くわけではない。周囲にひとけがないことを確かめながら廊下を歩き、鳩子が消えたレストランの最奥《さいおう》――厨房へと至る。

「ここですわね……」

狂三は気配を殺しながら厨房を覗《のぞ》き込んだ。

「…………」

手入れの行き届いた広い厨房で、鳩子が仕込み作業に奔走している。

流れるような動き。無駄のない手捌《てさば》き。彼女の年若い容貌には似つかわしくない、熟練の業であった。

この規模の店であれば、複数の調理師がいるのが普通であるが、厨房の中に、鳩子の他に人影はない。どうやら彼女一人で全ての調理をこなしているらしい。

それは、料理に対する並々ならぬこだわりゆえか。

それとも——何か他人に見せたくない、ものがあるからか。

狂三《くるみ》は目を細めると、注意深く厨房の中を観察していった。

一見したところ、これといって怪しいものは見当たらない。とはいえ狂三は魔導薬『ネクタル』の具体的な形状を知っているわけではなかった。仰々しい容器に収められているとか、光を放つ液体であるとかするならばまだしも、なんの変哲もない見た目をしていたならば、外見だけで判断するのはほぼ不可能である。

やはり、魔術工芸品《アーティファクト》の実在を確かめるためには、なんとかして彼女の料理を口にする機会を作らなければ——

と。

「——こんなとこで何してるのぉ？」

「…………っ！」

次の瞬間、不意にそんな声がかけられ、狂三は思わず息を詰まらせた。

見やると、いつの間にか目の前に、包丁を手にした鳩子の姿があることがわかる。どうやら狂三が厨房内を観察している間に気づかれてしまったらしい。

包丁を握っているのは単純に調理中だったからだろうが、こちらに疚《やま》しいことがあるからか、異様な威圧感を覚えてしまった。

とはいえ、ここで動揺を露《あら》わにしてしまうのは上手《うま》くない。狂三は動悸《どうき》をどうにか収め、笑顔を作りながら姿勢を正した。

「ああ、申し訳ありません。お手洗いに行こうと思ったら迷ってしまいまして」

「…………」

狂三の言葉に、鳩子は微かに目を細めた。手にした包丁の刃が妖しく輝きを放つ。

が、やがて鳩子は、「そっかー」と息を吐いた。

「トイレは向こうだよ。もう迷わないようにねぇ」

「……ええ、ありがとうございます」

狂三はぺこりと会釈《えしゃく》すると、鳩子の視線を背に浴びながら廊下を歩いていった。

──警戒されてしまったかもしれない。もう少し手がかりがほしいところだが、しばらくは大人しく働いていた方がよいだろう。

そんなことを考えながら、一応言い訳のためにトイレに寄ったのち、スタッフたちの元へと戻る。

「すみません、遅れましたわ」

「ああ、来た来た。ほら時崎さん。もうお客様がいらっしゃるよ。お出迎えに並んで」

絹恵《きぬえ》が急《せ》かすように言ってくる。狂三は「ええ」と首肯すると、仮面を装着したのち、スタッフたちとともに一列に並び、ピンと背筋を正した。

するとほどなくして、店の入り口が開き、今宵《こよい》の客たちが入ってくる。

皆、煌《きら》びやかなドレスを身に纏《まと》い、顔の上半分を派手な仮面で隠していた。まるでこれから仮面舞踏会でも開かれるかのような様相である。

その異様な風体《ふうてい》に一瞬驚いた狂三だったが、すぐに理解した。

これもこのレストランの掲げる『非日常感の演出』の一つであり――同時に、互いの正体を隠すための方策でもあるのだと。

『――いらっしゃいませ』

ホールスタッフたちが仰々しく頭を下げ、客たちをホールに迎え入れる。狂三もそれに倣《なら》って挨拶をした。

が――

「ああっ、素敵なお店ですわね！　お料理も今から楽しみですわー！」

「…………」

とある客の声を聞いて、狂三はピクッと頬を痙攣《けいれん》させ、顔を上げた。

理由は単純。その客の声に、思いっ切り聞き覚えがあったからだった。

否《いな》、声だけではない。その派手なドレスの柄も見たことがあったし、背格好にも覚えがあった。顔は仮面で隠されているものの、その髪はなんとも見事な縦ロールに巻かれていた。

「……茉莉花《まつりか》さん？」

狂三が小声で言うと、仮面の客——茉莉花は、狂三に気づいたように「まぁっ！」と声を弾ませたのち、まったく悪気のない笑みを浮かべてきた。

「狂三さん！　よくお似合いですわ！」

「……一体なぜここにおられますの？　このお店は会員制だったのでは？」

「ええ。なのでなんとか会員さんを探し出して、会員権をお譲りいただいたのですわ！

あっ、ちゃんと二人分の予約を入れておりますわよ？」

「……わたくしは何も聞いておりませんけれど？」

「それは——」

「それは？」

「驚いてくださるかと思って♡」

「…………」

狂三の手は、半ば無意識のうちに茉莉花の頭をギリギリと締め上げていた。

「ああっ、痛い！　痛いですわ！」

「ちょ……っ！　と、時崎《ときさき》さん！　何をしてるの⁉」

絹恵が泡を食ったように、狂三の元に走ってくる。

しかし狂三は至極落ち着いた調子で、にこりと微笑《ほほえ》んでみせた。

「ああ、すみません。お客様の頭に蚊が止まっていたものですから」

「仮にそうだとしてもアイアンクローで仕留める⁉」

絹恵は慌てて狂三の手を茉莉花の頭から引き剝がすと、蒼白《そうはく》な顔で茉莉花に頭を下げた。

「も、申し訳ありませんお客様。お怪我《けが》はありませんでしょうか」

「え、ええ。ちょうどこめかみが凝っていたところですわ……」

茉莉花が頭を押さえながら苦笑する。怒るでも怯《おび》えるでもないその反応に、絹恵は「は、はあ……」と困惑した様子を見せた。

「と、とにかく、時崎さん。ちょっと裏に戻っててちょうだい。指示はあとで出すから

「──」

「薄井《うすい》さん」

「な、何？」

「長い間お世話になりました。わたくし、ただ今を以《もっ》て辞めさせていただきますわ」

「…………は⁉」

絹恵が目を剝《む》き、驚愕《きょうがく》の声を上げる。

狂三は構わず茉莉花の首根っこを摑《つか》むと、呆気《あっけ》に取られる絹恵たちを残し、そのまま茉莉花の身体《からだ》をざりざりと引きずりながら店の外へと出ていった。

◇

そして、それからおよそ二〇分後。

「……まったく、席が確保できたのなら早く教えてくださいまし」

ドレスと仮面を身に着けた狂三は、従業員ではなく客として、レストランに舞い戻ってきていた。

苦労して射止めたスタッフの座ではあったが、そもそも狂三が店に潜入していたのは、『若返りの料理』の秘密を暴《あば》くためである。直接それを口にできる機会が得られたのならば、どちらを優先するかは考えるまでもなかったのだ。

「んもう、ちょっとした茶目っ気ではありませんの」

茉莉花はぷくーっと頰を膨らませていたが、狂三が拳を握ったり開いたりしながら微笑みかけると、慌てたように背筋を正した。

ちなみに狂三が今纏っているドレスと仮面は、店の外に停《と》めてあった栖空辺《すからべ》家の車の中に用意されていたものだった。ふざけているのか用意周到なのかわからなかった。

「にしても――どうも慣れませんわね。ドレスはまだしもこの仮面は」

「そうですの？　よくお似合いだと思いますけれど」

「一応褒め言葉と受け取っておきますわ」

「貧民同士の戦いを安全な場所から観戦し、極限状態の人間が壊れていく様を肴《さかな》にワインを呷《あお》っていそうな雰囲気ですわ」

「やっぱり受け取り拒否いたしますわ」

やたらと悪い金持ちのディテールが細かかった。頰に汗を垂らしながら渋面を作る。

ともあれ、これで準備は万端である。狂三は料理を待ちながら、仮面の奥で視線を巡らせ、周囲の様子を窺った。

「ふむ……」

ホールはそれなりの広さがあり、幾つものテーブルが並んでいたが、その全てに客が着いていた。この全員が一食五〇〇万円のコースを注文しているのならば、一晩で一財産が築けてしまいそうである。

皆顔を仮面で隠しているが、口元や首元、手元などから、おおよその年齢は類推することができた。四、五〇代くらいの女性が多いようだったが、中にはもっと年若い、それこそ二〇代くらいの客の姿も見受けられる。

若者が軽々に利用できるような店ではないはずだが——と、そこまで考えて思い直す。『若返りの料理』が本当に実在するのなら、見た目が年若い女性こそが、この店の『常連』に違いなかった。

「……！」

と、狂三はそこでぴくりと眉を揺らした。周囲の客たちが、何かに気づいたようにわぁっと色めき立ったのである。

理由はすぐに知れた。数名のスタッフたちが、ワゴンを押してホールに現れたのだ。

どうやら、ついに『若返りの料理』と対面できるらしい。狂三は微《かす》かな緊張とともに、皿の到着を待った。

「お待たせいたしました——って、あれ？」

狂三《くるみ》たちのテーブルにやってきたスタッフが、不思議そうに首を傾《かし》げる。よく見るとそれは、先ほど別れたばかりのホール責任者、薄井絹恵だった。

「……お客様、失礼ですがどこかで」

「さて、なんのことでしょう」

狂三がとぼけると、絹恵は訝《いぶか》しげな様子を見せながらも、気を取り直すように小さく咳《せき》払《ばら》いをした。

もしかしたら気づいているのかもしれなかったが、匿名性を重視して仮面まで着けさせている店の手前、客の詮索をするわけにはいかないのだろう。何事もなかったかのように言葉を続けてくる。

「お待たせいたしました。まずは前菜でございます。

──めくるめく神秘の世界を、是非お楽しみくださいませ」

そう言って絹恵が、銀の蓋を開ける。

同時、周囲のテーブルからも次々と感嘆の声が漏れた。

「──オマール海老《えび》とアスパラガスのポシェでございます。パプリカのソースをつけてお召し上がりください」

「まぁ……！」

料理の説明を聞いて、茉莉花は目をキラキラと輝かせた。

美しい一皿である。オマール海老の赤とアスパラガスの緑が、白い皿の上で見事なコントラストを描いていた。一目見ただけで、最高の食材を惜しげもなく使っていることが見て取れる。シェフの腕も確かなようだ。

「ふむ……見たところ普通の料理ですわね」

「普通？　とても美味《おい》しそうですわよ？」

「……いえ、そういう意味ではなく」

狂三が半眼を作りながら言う。茉莉花は不思議そうに首を傾げた。

「まあ、いいですわ。こうして見ていても仕方がありません。早速いただくといたしましょう」

言って、狂三がフォークとナイフを手に取る。

「ええ、そうですわね！」

茉莉花もまたそれに応ずるように声を弾ませ、テーブルに配置されていたフォークとナイフを手に取った。

そして慣れた手つきで、海老を一口大に切り、ゆっくりと口に運んでいく。

そして。

「…………！」

それを口にした瞬間、茉莉花は思わず目を見開いた。

蕩《とろ》けるような美味が、舌に染《し》み渡る。完璧な調理を施された海老が口の中で舞い踊り、脳を至福に染めた。

だが、それだけではない。

「あ……あぁ……！」

料理を嚥下《えんげ》した瞬間、茉莉花は身体の奥底から力が湧き上がってくるかのような感覚を覚えたのである。

身体の中に火が灯《とも》ったかのようなイメージ。心臓が高鳴り、全身が熱を帯びていく。茉莉花も似たような料理は食べたことがあるが、もはやレベルというか、次元が違った。渇《かつ》望《ぼう》。渇き切った身体が水を求めるように、手が半ば無意識のうちに二口目に伸びていく。

「んふぅ……！　こ、これはただ事ではありませんわ！　ちょっと美味しすぎますわ……！うちで雇っているシェフでもここまでのものは……！」

茉莉花は恍惚《こうこつ》とした表情を浮かべながら、皿の上の料理を口に運んでいった。アスパラガスと一緒にパプリカのソースをつけて食べると、これがまたたまらない。痺《しび》れるような快感が脳髄を満たした。

「ねえ狂三さん、凄《すご》いですわよね⁉」

この感動を共有したくて、茉莉花《まつりか》はまだ咀嚼《そしゃく》途中だというのに、狂三に声をかけた。

だが。

「――、唾棄すべき味ですわ」

茉莉花の感想に反して狂三は、思い切り顔をしかめ、吐き捨てるようにそう言った。

「へっ？」

茉莉花が目を丸くしていると、狂三はおもむろに皿を持ち上げ――

そのまま、床に叩《たた》きつけた。

「きゃ……っ⁉」

凄《すさ》まじい音とともに、皿の破片が辺りに飛び散る。突然のことに、茉莉花は思わず驚愕を露《あら》わにしてしまった。

無論、茉莉花だけではない。ホールにいた客やスタッフ全員が、呆気に取られたようにぽかんと狂三に視線を送っている。

そして、しんと静まり返ったホールの中、皆の注目を一身に浴びながら、狂三は朗々と

声を張り上げた。

「一体なんですのこれは！　この店はお客にこのようなものを出しますの⁉」

狂三の声が、ホールの壁と天井に幾重にも反響する。

それに驚いてか、呆然《ぼうぜん》としていた周囲の客たちも、狂三と、自分の手元に置かれた皿を交互に見ながらざわめき出した。

「く、狂三さん……？　突然何を……」

茉莉花が狼狽《ろうばい》しながら声をかけるも、狂三は応えず、さらに大声を発した。

「とても食べられたものではありませんわ！　高い代金を取っておきながらこのような仕打ち……屈辱以外の何ものでもありませんわ！」

「お、お客様……！」

そこで、泡を食った様子でスタッフが走り寄ってくる。

「どうかいたしましたでしょうか。お料理に何か……」

「料理？　今料理と仰《おっしゃ》いまして？　ここではこのようなものを料理と呼びますの⁉　信じられませんわ……！　シェフを呼んでくださいまし！」

「ど、どうか落ち着いてください。他のお客様もいらっしゃいますので……」

と、一向に勢いを落とすことなく狂三が叫びを上げていると。

「──お客様？　鳩子《はとこ》ちゃんの料理に文句でも？」

ホールの奥から、そんな声が響いてきた。

見やると、厨房《ちゅうぼう》に繋《つな》がる扉の前に、コックコートを着た少女が立っていることがわかる。──『Nid de Pigeon《ニッド・デ・ピジョン》』オーナーシェフ、御厨《みくりや》鳩子である。

口調は落ち着き払っているのだが、その表情には確かな険が見て取れた。どうやら自慢の料理が貶《けな》されて怒り心頭らしい。

とはいえ無理もあるまい。今口にした一品の出来から、彼女が料理に対して並々ならぬこだわりを持っていることは容易に理解できた。それを公衆の面前で侮辱されたのだから、怒って当然である。

鳩子の登場に、客たちのざわめきがさらに大きくなる。どうやら彼女の姿を初めて見た客も少なくないらしい。動揺の中に驚嘆が混じり始めた。

「………………」

鳩子は、騒ぎが大きくなるのを嫌うように眉根を寄せると、スタッフに向かってあごをしゃくった。

「──絹《きぬ》ちゃん。そのお客様を二階にお通しして。鳩子ちゃんが直接お話しするから」

「えっ？　よ、よろしいんですか……？」

「いいよ。追い返すのは簡単だけど、外で騒がれても困っちゃうからネ。あとは鳩子ちゃんに任せてちょ」

言って、時代を感じる横ピースをし、鳩子が扉の奥に消えていく。

スタッフはしばしの間戸惑う様子を見せていたが、やがて「ど、どうぞこちらへ……」と狂三を案内し始めた。

「ふん。シェフがどのような弁明をするのか、聞かせてもらおうではありませんの。――行きますわよ、茉莉花さん」

狂三が怒りの表情のままそう言い、スタッフのあとを追ってホールを横切っていく。

茉莉花は一拍遅れて、「は、はい！」とそのあとを付いて行った。

「……あのー、狂三さん？　どうしたんですのいきなり……」

二階への階段を上る最中、後方から茉莉花が小さな声で尋ねてくる。

「…………」

しかし狂三は無言を貫いたまま歩を進め、二階奥にある部屋の扉の前へと至った。

「オーナー、お客様をお連れしました……」

『あい。入ってもらって。絹ちゃんはお仕事に戻ってて』

躊躇《ためら》いがちなノックののち絹恵《きぬえ》が言うと、扉越しに鳩子の声が聞こえてきた。どうやら先に部屋に入っていたようだ。

「で、では、どうぞ……」

「ええ、どうも」

狂三は絹恵に促され、胸を張りながら部屋に入っていった。その背に隠れるような格好で、茉莉花もまた入室する。

どうやらそこは、鳩子専用の事務所兼応接スペースのような場所らしかった。部屋の奥には書類が積まれたデスクが置かれ、壁に設《しつら》えられたガラスケースに、幾つものトロフィーや賞状が収められている。

そしてその前に、不機嫌そうな様子を隠すこともなく、鳩子が腕組みしながら立っていた。

「――んで？　何が目的？」

苛立《いらだ》たしげに言いながら、鳩子がコック帽を脱ぎ、デスクの上に放る。

「目的、とは？」

「ああ、そーゆーのいいから。君たちみたいな手合い、別に初めてじゃないんだよネ。会員審査は慎重にしてるつもりなんだけど、湧くときは湧いちゃうもんだからさ」

鳩子は視線を鋭く細めながら続けた。

「やっぱりお金？　それとも、別のお店に雇われて嫌がらせでもしに来た？」

「いいえ。そのどちらでもありませんわ」

「ふぅん？　じゃ何？　まさかホントの本気で、鳩子ちゃんの料理が不味《まず》かったから騒いだとか言っちゃう感じ？」

「あら。わたくし、『不味い』とは一言も言っておりませんわよ」

「……おん？」

狂三《くるみ》の言葉に、鳩子は意味がわからないといった様子で眉根を寄せた。茉莉花もまた、キョトンと目を丸くしている。

「研鑽《けんさん》とこだわりを感じる、実に見事な調理でした。非の打ちどころがありませんわ」

「……意味わかんないなぁ。じゃあなんであんな騒ぎ方したわけ？　まさかとは思うけど、弟子入り志願？　それとも鳩子ちゃんのサインでもほしかっ──」

「──喩《たと》えるならば、毒餌《どくえ》に塗られた蜜。或《あるい》いは、罠《わな》の上に置かれたチーズといったところでしょうか」

「…………っ」

鳩子の言葉を遮るように狂三が続けると、鳩子はぴくりと表情を動かした。

その反応で、確信する。

狂三は顔を覆い隠していた仮面を脱ぎ捨てると、ビッと指を鳩子に突きつけた。

「──推理の時は刻まれましたわ。御厨鳩子さん、あなたの持つ魔術工芸品《アーティファクト》を渡していただきます」

「な……！」

鳩子が目を見開き、驚愕《きょうがく》を露わにする。

それは、客の正体が狂三であったことに驚いているようにも見えたし──魔術工芸品《アーティファクト》のことを言い当てられたことに狼狽しているようにも見えた。

しかし、その一瞬の隙こそが命取りである。

「ふッ──！」

狂三はドレスの裾を翻《ひるがえ》しながら床を蹴り、一瞬で鳩子との距離を詰めると、その腕を捻《ひね》り上げ、そのまま床に組み伏せた。

「ぎゃ……っ⁉　な、何……⁉」

「──茉莉花さん！　魔術工芸品《アーティファクト》を探してくださいまし！　調理に使用している以上、そう遠くには隠されていないはずですわ！」

「え……っ!?　あ──」

　狂三が叫ぶと、茉莉花がハッとした様子で肩を揺らした。

「ま、まさか狂三さん、あの料理を食べて、何かわかりましたの!?」

　どうやら、今理解したらしい。狂三は汗を滲《にじ》ませながら渋面を作った。

「……そうに決まっているではありませんの。まさか、本当に料理の味に腹を立ててクレームをつけたのだと思われていましたの？」

「え？　いや、はは……」

　茉莉花が視線を泳がせながら乾いた笑いを浮かべる。狂三は大きくため息を吐《つ》いた。

「……いいから、魔術工芸品《アーティファクト》を探してくださいまし。もしかしたら服の中に隠し持っているかもしれませんわ」

「は、はい！」

「ぐ……っ！」

　茉莉花が駆け寄ってきて膝を折り、鳩子のコックコートのポケットを探り始める。鳩子が抵抗するように身を捩《よじ》った。

「荒稼ぎもここまでですわよ！　無駄な抵抗はやめて、即刻『ネクタル』を返してくださいまし！」

茉莉花《まつりか》が高らかに声を上げる。

しかし。狂三はその言葉に、ゆっくりと首を横に振った。

「――いえ、違いますわ、茉莉花さん」

「違う……とは？」

茉莉花が不思議そうに問うてくる。狂三は鳩子の腕を押さえたまま続けた。

「彼女の持つ魔術工芸品《アーティファクト》は、『ネクタル』ではありませんわ。恐らく別のものですわ」

「別の……？　ち、ちょっと待ってくださいまし。狂三さんも感じましたわよね？　あの、身体《からだ》の内から力が湧き上がるような感覚を。『ネクタル』でないとしたら一体――」

「――たとえば、『吸血鬼《ヴァンピール》の牙』」

「え……？」

狂三が目を細めながら言うと、茉莉花が意外そうに声を漏らした。

「確かそんな名前の魔術工芸品《アーティファクト》が、目録に記されていましたわよね。他者の精気を吸い取ってしまう、危険な代物ですわ。――それそのものではないにしても、恐らく彼女は、それに似た効果を持つ魔術工芸品《アーティファクト》を使用したのではないでしょうか」

「ど、どういうことですの？　精気を吸い取る……？」

困惑したように茉莉花が眉根を寄せる。狂三は「ええ」と続けた。

「あれは『若返りの料理』などではありません。食べた者の精気を吸い上げる、魔性の毒餌ですわ。あんなものを食べ続けていたなら、いずれ死に至ってしまうでしょう」

「ちょ、ちょっと待ってくださいまし！　意味がわかりませんわ！　だって、あたくしはむしろ元気になっていますわよ⁉　あの女優さんだって若さを取り戻していましたし……！」

「恐らく、身体の奥底から精気を吸い上げる際の副作用のようなものでしょう。生命力が顕在化した結果、表面的に若々しさを取り戻したのだと考えられますわ。

──ですがそれは、自らの身体に備わった生命力を、異常に燃やしているだけ。言うなれば、電池を並列から直列に繋ぎ直したようなもの。寿命の前借りに過ぎませんわ。本当の意味で若返っていたのは、鳩子さん、あなた一人だけでしょう？」

「…………」

狂三の言葉に、鳩子は否定も肯定も示さない。

狂三は、静かに続けた。

「……魔術工芸品《アーティファクト》を用いた料理を食べさせ、そのたび、あたかも手数料を取るかのように、少しずつ、少しずつ、お客の命を吸い上げていく。仮初めの若さを得たお客は、それが自らの命を燃やしているだけと気づかず、再び大金を携えて、皿の上に舞い戻る──

意図してそうしたのか、偶然それに行き着いたのかはわかりませんが、なんとも悪辣なシステムですわ。

——ああ、ああ。気づいてみればなんのことはありません。『若返りの料理』とは、あのコースのことではなく、ホールにいた我々のことだったのです」

狂三の結論に。

「——————ふぅ——————」

鳩子《はとこ》は、細く息を吐き出した。

「……随分と物知りさんじゃない。一体何者なのかなぁ？」

そして、床に組み伏せられながらそう言ってくる。もはやとぼけても無駄だと判断したのだろう。

「別に、何者ということもありませんわ。今はただのしがない大学生で——」

「——魔術工芸品犯罪《アーティファクト・クライム》専門名探偵・時崎《ときさき》狂三とはこの方のことですわー！」

「茉莉花さん。ちょっと黙ってくださいまし」

突然声を上げてきた茉莉花に、やれやれと返す。

そんな様子を見てか、鳩子が気の抜けた笑みを浮かべた。

「なるほどなるほどぉ……魔術工芸品犯罪《アーティファクト・クライム》専門かぁ。ま、こんなものが実在しちゃうんだ。

そういう人がいてもおかしくないのかもネ」

でも、と鳩子が続ける。

「君の言ったことが全部当たってたとしてさぁ、鳩子ちゃんは一体どんな罪に問われちゃうのカナ？　それに、随分悪し様に言ってくれてるけど、仮に全ての事実を詳《つまび》らかにしたとしても、お店に来るお客さんはたくさんいると思うよ？　たとえそれで寿命が縮まるとしても、残りの時間を若い身体で過ごせるんならさ。『若さ』ってのはそれだけ魅力的なんだ。——それとも、正義の味方的には、もしお客様がそれを望んでても許せないって感じ？」

「…………、勘違いはいけませんわね」

「およ？」

「わたくしは、正義の味方を気取っているつもりはありません。ただ、あなたと利害が一致していないだけの悪役ですわ」

狂三が言うと、鳩子は小さく笑った。

「わはは、なぁるほど。そいつは失礼。でも、それにしたってさぁ——」

瞬間。

「つ……っ⁉」

手にちくりという痛みを覚え、狂三は顔をしかめた。

それと同時、まるで身体の力が抜け落ちるかのような感覚に陥り、狂三は鳩子を拘束する手を緩めてしまった。

「はっは！　相手が魔術工芸品《アーティファクト》を持ってるってわかってるのに、これくらいで拘束できたと思っちゃうのは、油断しすぎなんじゃないかなぁ……!?」

どうやらコックコートの中に潜ませていた包丁で、狂三の手を刺したらしい。

怪我《けが》自体は大したことはない。しかし、明らかに異常な事態であった。手足に力が入らず、その場にくずおれそうになってしまう。

その隙に拘束を逃れた鳩子が、懐《ふところ》から包丁を取り出し、狂三目がけて振り上げてくる。

「――――！」

突然のことに息を詰まらせながらも、狂三の動体視力は鳩子の手にした刃物の姿を捉えていた。――包丁。そう、狂三が厨房《ちゅうぼう》を覗《のぞ》いていたとき、彼女が手にしていたものである。どうやらあれこそが魔術工芸品《アーティファクト》であったらしい。

「『吸血鬼の牙《ヴァンピール》』！　今日は遠慮なしだ！　根こそぎ吸い取っちゃえ……！」

鳩子の声に応えるように、包丁の刃が怪しい輝きを帯びる。

「く……！」

狂三《くるみ》は渋面を作った。目で捉えられても、身体がついていかなかったのである。

かつての狂三であれば問題にすらならなかったことが、今の狂三には果てしなく遠い。

思考を巡らせているうちに、命を吸う牙が狂三の脇腹目がけて吸い込まれていく。

「狂三さん！」

が、次の瞬間、狂三は衝撃とともに右方に突き飛ばされていた。

一瞬のうちに理解する。茉莉花が、狂三を庇《かば》ったのだと。

「茉莉花さん……!?」

だが、喜んでいるような暇はなかった。鳩子の勢いは止まっていない。そして、今の今まで狂三がいた場所には、入れ替わりに茉莉花の身体があった。

もはや、避けるような間はない。茉莉花の腹部から真っ赤な血が——

「とうっ！」

——しぶかなかった。

「えっ」

目の前で起こったことが理解できず、狂三は目をまん丸に見開いた。

しかしそれも無理からぬことではある。何しろ茉莉花がぐるんと身体を捻ったかと思うと、見事な身のこなしで鳩子の腕に手刀を打ち込み、包丁を床に落とした上で、そのまま格闘ゲームのコンボでも決めるかのように、鳩子に連続攻撃を叩《たた》き込んでいったのである。

「はい！　はい！　はい！　はいぃぃぃぃ――――ッ！」

「うぉご……ッ!?」

フルコンボをその身に浴びた鳩子は、鈍い苦悶《くもん》の声とともに床に突っ伏し、それきり動かなくなった。

茉莉花が残心の構えを取る。

空中に『ＫＯ！』の文字が浮かんだ。ように見えた。

「――大丈夫でして、狂三さん！」

「……え、ええ。おかげさまで」

茉莉花が心配そうに向き直ってくる。狂三は頬に汗を垂らしながらそれに応じた。

「なんというか……強かったんですのね、茉莉花さん。何か格闘技でも？」

「乙女の嗜《たしな》みですわ！　空手とカポエイラと栖空辺《すからべ》凶冥流《きょうめいりゅう》暗殺術を少々！」

「そ、そうですの……」

弾《はじ》けるような笑顔で言ってくる茉莉花に、狂三は苦笑しながら返した。

◇

——果たして、此度《こたび》の事件は解決を迎えた。

鳩子の言うとおり、魔術工芸品《アーティファクト》の使用自体は罪に問えるものではない。現代科学では、『精気を吸い上げる料理』の実在が証明できないのだから当然ではあるが。

とはいえ、狂三と茉莉花の目的は犯人に社会的制裁を加えることではなく、あくまで魔術工芸品《アーティファクト》の回収である。『吸血鬼の牙《ヴァンピール》』を失った以上、もう彼女に『若返りの料理』を作ることはできないだろう。

「とはいえ——」

事件から数日後。時崎探偵社で魔術工芸品目録《アーティファクト》を捲《めく》りながら、狂三はふうと息を吐いた。

「今回の方も、茉莉花さんのお家《うち》から魔術工芸品《アーティファクト》を盗み出した直接の犯人——というわけではないようでしたわね」

「ええ……そのようですわね」

そう。事件のあと、鳩子がどうやって魔術工芸品《アーティファクト》を入手したかを調べたのだが、彼女もまた以前の事件の犯人と同様であったらしい。既に死亡した親宛てに送られてきた荷物の中に、不思議な包丁が入っていたというのだ。

栖空辺邸《てい》襲撃事件の犯人が、魔術工芸品《アーティファクト》を配っているとでもいうのだろうか。——だとしたら、一体なんのために。狂三は小さく唸《うな》りながらあごを撫《な》でた。

　とはいえ、現状材料が少なすぎる。狂三はもう一度息を吐くと、話題を変えるように茉《ま》莉《り》花《か》に視線を向けた。

「――結局あのあと、お店はどうなりましたの？」

　狂三が問うと、茉莉花は大仰にうなずきながら答えてきた。

「今は休業中のようですわ。――まあ、スタッフさんやお客さんたちに、不服を口にする人はいなかったようですけれど」

「そうなんですの？」

　狂三は意外そうに目を丸くした。

　精気を吸い上げられていた事実を知らないお客にとっては、奇跡の料理を出す店が休業してしまうのは残念極まることだろうし、スタッフはもっと単純に、仕事を失ってしまったのである。その原因を作った狂三に恨みが向いても仕方がないと考えていたのだ。

「ええ。魔術工芸品《アーティファクト》のことは知らずとも、もともと何か非合法なことをしているのでは……という懸念《けねん》はあったようですわ」

「ああ……なるほど」

　納得を示すように狂三はうなずいた。

　確かに、一食五〇〇万円のコースを提供するレストランが大賑《おおにぎ》わいしていたのだ。何か裏の理由があるのではと考えていても不思議ではなかった。

「ええ、だからもしかしたらあの場にいたお客さんたちは、狂三さんを捜査官か何かかと思っているのかもしれませんわね」

「やめてくださいまし。がらではありませんわ」

「そうですの？　お似合いかと思いますけれど」

茉莉花は、思い出すように続けた。

「──ホールで料理にクレームをつけたり、いきなり相手を組み伏せたり……事件を解決するためとはいえ、正直、あまり狂三さんらしくない行動だなと思っていたのですわ。狂三さんのように頭のよい方なら、もっとスマートな方法があったのではないか、と。──でも、ようやくわかりましたわ」

「……？　何がですの」

狂三の問いに、茉莉花はニッと笑みを作った。

「あれは、解決に時間をかけてしまうと、他のお客さんたちが料理を食べ進めてしまうからだったのでしょう？」

「………………」

茉莉花の言葉に、狂三は無言になった。

茉莉花はそんな狂三の様子に気づいているのかいないのか、そのまま続けてきた。

「悪役だなんて仰《おっしゃ》らないでくださいまし。あのときの狂三さんは、立派に正義の味方でしたわよ？」

「……買いかぶりですわ」

狂三がぷいと顔を背けると、茉莉花は楽しげに笑った。

「──あ、でも、まだ一つわからないことがあるんですけれども」

「……なんですの？」

「『吸血鬼の牙《ヴァンピール》』ですわよ。なぜ狂三さんは、あのお料理をたった一口食べただけで、あれに使われていた魔術工芸品《アーティファクト》が『ネクタル』でないことに気づいたんですの？」

「ああ……それは──多分言ってもわかりませんわよ。極めて感覚的なものですわ。でも、わたくしには、はっきりと感じられましたの」

「……よくわかりませんわね。つまり何を感じたんですの？」

茉莉花が難しげな顔をして首を捻《ひね》る。

狂三は、自嘲気味に答えた。

「──人の寿命を喰《く》らう者特有の臭《にお》いがしたのですわ」

The artifact crime files
kurumi tokisaki

Case File IV

わたくしの席はどこだったでしょうか

狂三シークレットガーデン

夕刻。赤い陽光の差し込む部屋の中で。

「あ、あ、あ――」

手に小ぶりなナイフを握った時崎狂三《ときさきくるみ》は、怒号とも慟哭《どうこく》ともつかない声を喉から漏らしながら、身体《からだ》を小刻みに震わせていた。

けれどその様相は、凶器を見つけて戦慄しているというわけでも、強大な敵に頼りない武器で立ち向かおうとしているというわけでもないように思われた。

何しろ狂三は今、そのナイフを逆手に構えており――

今まさに自分の腹部にその切っ先を突き刺そうとするかのように、腕を振り上げていたのだから。

「――」

「……………！」

周囲の少女たちが、制止するような声を上げてくる。

けれど狂三の耳に、それは届かなかった。正確に言うのならば、何かを叫んでいることはわかるのだが、言葉の内容が理解できなかった。

狂三の脳内は今、ある一つの事柄で支配されていたのである。

「あああああ――――ッ！」

狂三は悲痛な絶叫を上げると。

腕に力を入れ、ナイフを自分の腹に突き立てた。

◇

「……う……ん――」

微《かす》かな吐息とともに、少女は目を覚ました。

ぼんやりとした意識の中、ゆっくりと身を起こす。

「………」

起きたばかりだからだろうか、記憶が曖昧だ。眠る前のことがよく思い出せない。

否《いな》。それどころか、ここが一体どこなのか、なぜ自分がここにいるのか、自分が一体何者なのかもはっきりしなかった。眉をひそめながら額に手を当てる。

と、そこで、少女は左手の小指に古びた指輪が塡《は》められていることに気づいた。妖精の羽を思わせる意匠。見覚えがあるような……ないような。なんとも奇妙な感覚だった。

何か大事なことを忘れてしまっている気がする。少女は手がかりを求めてベッドから下りると、部屋の中を見回した。

ベッドと学習机、あとは小さな棚が置かれただけの、簡素な内装の部屋だ。壁に制服が掛けてあり、椅子の上に学生鞄《かばん》が放ってある。

それを見た瞬間、少しずつ記憶が鮮明になっていく。そうだ。ここは寮の部屋で、自分はこの制服を纏《まと》い、鞄を持って、毎朝登校していたのだ。

──校舎に行けば、何か思い出すかもしれない。少女はようやく摑《つか》んだ記憶の糸口を逃すまいと、制服に着替えて鞄を手にした。

そのまま部屋を出、廊下を渡って外に出る。

「ん……」

眩《まぶ》しい朝陽《あさひ》に目を細めながら辺りを見回す。寮の出入り口から延びた舗装路の先に、大きな校舎や礼拝堂など、仰々しい建物が幾つも並んでいることが見て取れた。

聖アデリナ女学園。東京都天宮《てんぐう》市にある、全寮制のミッションスクールだ。

自分はそこに通う生徒だった。確か学年は二年生。クラスはC組だ。

少女はそれを思い起こすと、ゆっくりとした歩調で道を歩いていった。まだ記憶はぼんやりしていたのだが、なんとなく身体が道を覚えているような感覚だった。

と──

「あれ？　時崎さん？」

道中、そんな声をかけられ、少女は足を止めた。

声の方向を見やると、少女と同じ制服を着た女子生徒が気安い調子で手を振っていることがわかる。

「おはよう。珍しいね、こんなところで会うなんて」

言いながら、女子生徒が歩み寄ってくる。少女は呆然《ぼうぜん》と先ほどの呼び声を復唱した。

「時崎――」

「……？　どうしたの？　ボーッとしちゃって。もしかして寝惚《ねぼ》けてる？」

女子生徒は怪訝《けげん》そうにこちらの顔を覗《のぞ》き込みながら、続けた。

「駄目だよー、あんまり夜更《よふ》かししちゃ。事件の調査が大事なのはわかるけどさー」

「事件の調査……？」

少女が問うと、女子生徒は不思議そうな顔をしながらも答えてきた。

「うん。時崎さん、先月起こった自殺未遂事件のこと調べてたじゃない」

「…………っ」

女子生徒の言葉に、少女は息を詰まらせた。

それを起点とするように、脳内に怒濤《どとう》の如《ごと》く情報が流れ込んできたのである。

「あ、あ……そうだ。わたくしは――」

少女は、息を荒くしながら目を見開いた。

「時崎狂三……それがわたくしの名前ですわ……」

「……？　う、うん」

女子生徒が、困惑したような様子でうなずく。まあ、無理もあるまい。突然クラスメートが自己紹介を始めたというのだから。

少女――狂三は軽く頭を振ると、改めてそちらに視線をやった。

「……すみません。少し寝惚けていたようですわ。おかげさまで思い出せました。感謝いたしますわ、小春《こはる》さん」

脳裏に思い出された名を呼ぶと、女子生徒――小春は、ホッとした様子で息を吐いた。

「ああ、うん。それならよかったけど」

小春は苦笑しながらそう言うと、ヒラヒラと手を振ってきた。

「じゃあ私、ちょっと友だち迎えに行かないとだから」

「ええ、また」

狂三が会釈《えしゃく》すると、小春は寮の方に歩いていった。

「…………」

その背を見送ったのち。狂三は背筋を正すと、思い出した情報を頭の中で整理しながら、校舎への進路を取った。

――そうだ。ようやく思い出した。自分は時崎狂三。この聖アデリナ女学園に転入してきたばかりの生徒だ。

その目的は、この学園で起こった、自殺未遂事件の調査。

そう。今からおよそ二週間前、この学園で、とある生徒が自殺未遂を起こしていたのである。

高校生の自殺未遂など、よくある――とまでは言わないが、取り立てて珍しいものでもない。けれどその事件に不審を抱いた狂三は、この学園に生徒として潜入し、事件の情報を集めていたのだ。

「不審……そうですわ。わたくしは、あれがただの自殺未遂ではないと確信していた……いいえ、それどころか、誰か別の人物の意志が介在していたとさえ思っていた……でも、それは一体なぜ……？」

肝心なところが曖昧で、思い出せない。

狂三は焦《じ》れるように髪を掻《か》き毟《むし》ると、足に力を入れ、歩調を早めた。――二年C組の教室。自分の所属するクラスに、新たな記憶の手がかりがあると信じて。

ほどなくして、西校舎に辿《たど》り着く。校舎は大きく二つに分かれており、西校舎には一、二年生の教室が、東校舎には三年生の教室をはじめ、美術室、音楽室などが配置されていた。

狂三は生徒たちの波に誘われるように廊下を歩くと、やがて二年C組の教室へと至った。

「あ、おはよー、時崎さん」

「ええ、おはようございます」

クラスメートに挨拶を返し、席に腰掛ける。

「……あら？」

と、鞄を机の横に掛けたところで狂三は気づいた。

机の中に、何やら細長い箱が入っている。ピンク色の包装紙に、可愛《かわい》らしいリボンまで施されていた。

「これは……？」

狂三が訝《いぶか》しげに眉根を寄せていると、今し方声をかけてきたクラスメートが、不思議そうに首を捻《ひね》った。

「時崎さん？」

「はい、何か？」

「え、いや、そこ橋口《はしぐち》さんの席じゃない……？」

「………」

言われて、狂三は箱を机の中に戻すと、ほんのり頬を染めながら立ち上がった。……自然に座ってしまったが、自分の席ではなかったらしい。まだ記憶が曖昧なようだった。

「ちょっとした冗談ですわ」

「そ、そっか……時崎さんもそういうことするんだ。ちょっと意外……」

「ええ。前の学校では面白キャラで通っていましたわ。ところで――」

「何？」

「わたくしの席はどこだったでしょうか」

「………」

クラスメートは一瞬不気味そうな表情をしたものの、すぐに窓際《まどぎわ》の席を示してくれた。小さく頭を下げてから、そちらの席へと向かう。

そして椅子に座り、改めて机の横に鞄を掛けたところで、今度は机の中に、手帳のようなものが入っていることに気づいた。

「手帳……ですの」

狂三は小声で呟《つぶや》くと、それを取り出し、開いてみた。

どうやらそれは、狂三が記憶を失う前に付けた事件調査ファイルのようなものらしい。

綺麗《きれい》な字で以《もっ》て、幾つもの情報が綴《つづ》られている。

――聖アデリナ女学園自殺未遂事件。

被害者の名は松谷杏菜《まつたにあんな》。寮の自室で手首から血を流した状態で発見されている。幸い命に別状はなかったが、大事を取って未《いま》だ入院中。

意識を取り戻した杏菜は、手首を切った記憶がない、気づいたら血が溢《あふ》れていた、自分は自殺するつもりなどなかったと主張している。

また、事件の前、杏菜は自分そっくりの人間を見たと言っているという。

そしてそれらの情報は、最後こんな言葉で結ばれていた。

――魔術工芸品《アーティファクト》の関与が疑われる、と。


「……っ！」


その名に、再び狂三《くるみ》は鋭い頭痛を覚えた。

そしてそれと同時、先ほどと同様に、頭の中に記憶が蘇《よみがえ》ってくる。

魔術工芸品《アーティファクト》。かつて魔術師が創ったとされる、不可思議な力を持った道具の数々。

あまりに荒唐無稽な話だ。仮に誰かがこのメモを見たところで、幻想小説の設定か妄想の類としか思わないに違いない。

しかし、狂三はその単語を目にした瞬間、それの実在を確信した。

もっと正確に言うのならば――記憶を失う前、実際にそれを目にしたことがあることを思い出した。

そう。魔術工芸品《アーティファクト》は実在する。

そして、人智《じんち》を超えたその力を用い、欲望のままに人を害する者も。

狂三はそんな魔術工芸品《アーティファクト》を使った犯罪を解明するため、ここにやってきていたのだ。

「…………」

それを思い出した瞬間、狂三は渋面を作った。

狂三は今、記憶の一部が欠如している。様々な切っ掛けにより少しずつ自分のことや置かれている状況を思い出してはいるものの、まだ曖昧な部分が多かった。

そしてそんな現状が、メモの中の『手首を切った記憶がない』という記述と重なってしまったのである。

「……わたくしは、魔術工芸品《アーティファクト》による攻撃を受けていた……？」

狂三は額に手を置きながら、呻《うめ》くように言葉を零《こぼ》した。

そう考えると、辻褄《つじつま》が合うことが多すぎる。どれほど寝惚けていたとしても、自分の名前までも忘れてしまうことなどあり得まい。なんらかの外的要因があったと考える方が自然である。

小春の話によれば、狂三はこの学校に転入してきてから、事件のことを皆に聞いて回っていたらしい。もしも魔術工芸品《アーティファクト》を使ってこの事件を起こした黒幕が校内にいたならば、事件を嗅ぎ回る狂三を疎《うと》ましく思ったとしても不思議ではない。

「――――」

狂三は顔を上げると、教室の中を見回した。

始業時間が近いためか、教室には既に幾人もの生徒の姿が見受けられる。皆、友人と談笑したり、授業の準備をしたりと、思い思いの時間を過ごしていた。

なんてことのない日常の風景。しかし狂三は、背筋が冷たくなるような感覚を覚えてしまった。

――もしかしたらこの中に、松谷杏菜を死の危険に追い込み、狂三の記憶を奪った犯人がいるかもしれないと思ってしまったのである。

が、狂三の疑念はそこで一旦中断された。

狂三がごくりと息を呑《の》んだ瞬間、始業を報《しら》せるチャイムが鳴り響いたのである。

「あ、もうそんな時間か」

「またねー」

などと口々に言って、生徒たちが自分の席へ戻っていく。

にわかに秩序を帯びていく教室を眺めながら、狂三は手帳を閉じた。

もしもこの中に犯人がいるとしても、狂三がそれを疑っている様子を見せてしまうのは望ましくないと考えたのである。

どうにかして魔術工芸品《アーティファクト》を持つ犯人を突き止めねばならない。しかし、あまりに難易度が高すぎた。何しろ有力な手がかりどころか、記憶さえも曖昧なのだ。どこかに、狂三の事情に通じた協力者などがいれば話は別かもしれないが――

「――皆さん、おはようございますわぁぁぁぁっ！」

と。

そこで、狂三の思考を遮るように、底抜けに能天気な声が響いてきた。

教室の前の入り口から、出席簿を持った女性が入ってきたのである。

教師……にしては年若い。教育実習生だろうか。首から下はぴっちりしたスーツ姿だったのだが、髪型はド派手な縦ロールだった。ギャップがすぎる。首の辺りに国境線がありそうだった。規律厳しいスーツ国から、自由な縦ロール国への亡命者が多いと思われる。

たぶん。

「…………」

その姿を見て、狂三は頰に汗を滲《にじ》ませた。

なんだかその女性に、見覚えがある気がしてならなかったのである。

「はいっ！　今日は浜井《はまい》先生がお休みのため、教育実習生ながら、あたくしが出欠を取らせていただきますわ！　元気に返事をしてくださいまし！　相田《あいだ》さん！」

「は、はい」

「おーん？　朝ご飯食べてきませんでしたのー？　もう一度参りましょう。相田さん！」

「……はいっ！」

「グゥウゥウッド！　素晴らしいお返事ですわぁぁぁっ！」

などと、やや強火気味な出欠を取っていく。生徒たちは力なく苦笑していたが、まあ嫌われてはいないようだった。

「――さ、ではホームルームは以上ですわ！　皆さん授業に備えてくださいまし！」

数分後。出欠確認（狂三も元気に返事をさせられた）を済ませた教育実習生は、そう言って出席簿を閉じた。

そして去り際、思い出したように狂三の方に目を向けてくる。

「あ、時崎《ときさき》さん。ちょっとお話があるので来てくださいまし」

「え？　は、はあ、わかりました」

狂三は彼女の勢いに気圧《けお》されるようにうなずくと、席を立ってそのあとについていった。

廊下を歩くことしばらく。ひとけのない場所に至ったところで、教育実習生はくるんと身体《からだ》を回転させ、狂三の方を向いてきた。

「それで、首尾はいかがですの、狂三さん」

そして、先ほどとは打って変わってひそめた声で、そう問うてくる。狂三は困惑するように眉をひそめた。

「首尾……ですの？」

「ええ。魔術工芸品《アーティファクト》の持ち主に目星は付きましたの？」

「……っ、なぜそのことを——」

狂三が思わず息を詰まらせると、教育実習生は怪訝《けげん》そうな顔をした。

「何を仰《おっしゃ》っていますの？　魔術工芸品犯罪《アーティファクト・クライム》の可能性があるからこそ、あたくしと狂三さんでこの学園に潜入したのではありませんの」

「…………！」

教育実習生の言葉に、狂三は目を丸くした。

するとそんな狂三の反応を不思議に思ってか、教育実習生が眉根を寄せてくる。

「狂三さん……？　なんだか様子がおかしいですわよ。いかがされましたの？」

「……、実は……」

狂三はしばしの逡巡《しゅんじゅん》ののち、自分の今の状況を説明した。

教育実習生が、くわっと目を見開く。

「なっ、記憶が……!?　本当ですの!?」

「ええ。恥ずかしながら、自分の名前を思い出したのもついさっきですわ」

狂三が言うと、教育実習生は難しげな顔で汗を滲ませた。

「……まさか、魔術工芸品《アーティファクト》による攻撃ですの？」

「詳しいことはわかりませんが、恐らく。他に原因が思い当たりませんわ」

「なるほど……それは困りましたわね……」

教育実習生は腕組みしながら渋面を作ると、何かに思い至ったように目を開いた。

「確認ですけれど、さすがにあたくしの名前は覚えておられますわよね？」

「えっ？」

「えっ？」

キョトンとした視線同士が交わる。狂三は気まずそうに目を泳がせた。

「あ、あー……と、確か、す、す……」

「……！」

「ステファニーさん……？」

「栖空辺《すからべ》！　茉莉花《まつりか》ですわ！」

教育実習生——茉莉花は、金切り声を上げながらブンブンと手を振った。

「ひどいですわ、ひどいですわ！　相棒であるあたくしの名前をお忘れになるなんて！」

「す、すみません……どうもまだ記憶が曖昧で……」

狂三が素直に頭を下げると、茉莉花は意外そうな顔をしたのち、むうと腕組みした。

「……まあ、仕方ありません。狂三さんのせいではありませんし。とはいえ、だからといって調査を中断するわけには参りませんわ。狂三さんが攻撃されたということは、この事件に黒幕がいる証左に他なりません。一刻も早くその正体を突き止めねば、次は何が起こるかわかりませんわ」

「そうですわね……でも、調査と言っても、具体的に何をすればよいのでしょう」

「確か狂三さん、被害者のことをよく知る生徒たちに話を聞く約束を取り付けたと仰っていたではありませんの。手帳にメモしていませんでしたか？」

「え？」

言われて、狂三は目を丸くした。先ほどからずっと手に持っていた手帳を開き、その紙面に視線を落とす。

すると今日の日付のところに、生徒の名前とクラス、簡単な情報、そして訪ねる時間が記されているのを発見した。

「……本当ですわ。スケジュールのページは見ていなかったので気づきませんでした」

「狂三《くるみ》さんはそちらをお願いします。あたくしは引き続き、先生たちから情報を探ってみますわ。放課後、いつもの場所で落ち合って、結果を共有いたしましょう」

「ええ。承知いたしましたわ。でも、一ついいでしょうか」

「なんですの？」

茉莉花が聞き返してくる。狂三は苦笑しながら続けた。

「いつもの場所とは、どこのことでしょう？」

◇

「──ああ、あなたが噂《うわさ》の時崎さん？　小春《こはる》から聞いてるよ。杏菜《あんな》の話を聞きたいんだって？」

昼休み。三年E組の教室を訪れた狂三を出迎えたのは、髪を短く刈り込んだ長身の女子生徒だった。手帳によれば、名は荻川純《おぎかわじゅん》。バレー部のエースらしい。

「ええ。お時間を取っていただきありがとうございます。突然不躾《ぶしつけ》に申し訳ありません」

「いいよ、別に。そんな畏《かしこ》まらなくても。私もあの子のことは気になってたし。もし何か役に立てるならなんでも聞いて」

　純がひらひらと手を振りながら軽い調子で言ってくる。

　狂三はこくりとうなずくと、手帳に記されていた情報を思い起こしながら言葉を発した。

「荻川先輩は、松谷《まつたに》先輩と親しかったそうで」

「まあね。クラスも委員会も同じだから、その縁で」

「どのような方でしたの？」

「んー、まあ、いい子だよ。美人だし、成績も学年トップクラスだし。その上面倒見もいいから、後輩からもかなり人気みたい。バレンタインとかもたくさんチョコもらってたし」

　純はそう言うと、冗談めかした調子で「私の次くらいにね！」と自分を親指で示しながらウインクをしてみせた。確かに彼女は後輩人気がありそうだった。

　そのあと、純が思い出したように付け加える。

「ただまあ少し素直じゃないっていうか……自分から好意を表すのを恥ずかしがる感じはあったかな？　ちょっとプライド高いところあるのかも」

「なるほど。一応確認なのですが、事件の前、松谷先輩が精神的に不安定になっていたりということはなかったのですわよね？」

「あの子が？　ないない。実際本人も、自殺未遂なんてしてないって言ってたし」

「ご本人と話されたのですか？」

「ああ、うん。先週お見舞いに行ったときにね。——なんか、気づいたら手首が裂けて血が流れてたらしいよ。まあ、部屋に他人が立ち入った形跡もないから、自殺未遂ってことにされちゃったたって言ってたけど」

「ふむ……」

狂三はあごを撫《な》でた。その証言は、手帳に書かれていた情報と一致する。

「まるで聖痕ですわね」

「せいこん？」

「ええ。何もしていないのに身体に傷が生じる現象ですわ。手首や額など、イエス様が磔《はりつけ》にされたときの傷と同じ場所に生じるものを言うようです。特に敬虔《けいけん》な信徒の身体に現れることが多いとか」

「何それ。こっわ……」

純が顔を青くしながら眉をひそめる。一応ここはミッション系の学園だったはずだが……まあ、そこに通っている者が全員信仰心に篤《あつ》いということもないだろう。

「そういえば、松谷先輩は事件当日、自分そっくりの人を見たと言っているとお聞きしましたけれど」

　思い出したように狂三が問うと、純は「そうそう」と首肯した。

「西校舎から寮に行く途中だって言ってたかな？　自分そっくりの生徒が、恨めしそうにこっちを見てたんだって。驚いて自分の部屋に駆け込んだって言ってた。まあ、見間違いかもしれないし、今回の件に関係あるのかどうかはわからないけど」

「それは――確かに恐ろしいですわね」

　狂三は額に汗を滲《にじ》ませた。突然自分と同じ顔をした人物が現れたならば、狂三でも驚いてしまうだろう。

　と、そこで小さく首を傾《かし》げる。

「西校舎から寮に？　三年生の教室は東校舎にあるのでは？」

「その日は何か用事があったとかで、二年生の教室に寄ってから寮に帰ったみたい」

「用事、ですか」

「うん。内容までは教えてくれなかったけどさ」

　純が肩をすくめながら言ってくる。

　狂三はその後数度言葉を交わしたのち、謝辞を述べて教室をあとにした。

「……松谷先輩のこと、ね。別に話すのはいいけど、私が話したってことは内緒にしてくれるのよね？」

純の元をあとにした狂三が次なる教室に向かうと、眼鏡を掛けた女子生徒は少し迷惑そうに眉を歪《ゆが》めた。

確か名は、芝木《しばき》佳織《かおり》。二年A組の生徒だ。本来なら狂三のクラスから近いこちらから先に回りたかったのだが、昼食のあとの方が助かるとのことだったので、純の方から話を聞きにいっていたのである。

「ええ、もちろんですわ。情報提供者を明かすような真似《まね》はいたしません」

「ならいいけど……」

狂三が言うと、佳織は辺りをキョロキョロ見回すように視線を巡らせた。まるで、誰かが聞き耳を立てていないか確認するかのように。

「随分お気になさりますのね。あまり松谷先輩のことがお好きではないとか？」

「そういうわけじゃないけど……これ以上噂になるのはちょっとね」

「噂？」

狂三が首を傾げると、佳織は納得を示すように「ああ」とうなずいた。

「そっか。あなた転入生なんだっけ」

「ええ。つい先週転入してきたばかりですわ。……差し支えなければお伺いしても？」

狂三の言葉に、佳織は逡巡《しゅんじゅん》のような間をおいたのち、話し始めた。

「……事件が起こるちょっと前、松谷先輩と頻繁に話す機会があってさ。別になんてことない相談を受けてただけなんだけど、ほら、松谷先輩、結構学内で有名人じゃない。ゴシップ好きの生徒たちがあることないことしゃべり始めちゃってさ」

「ふむ。一体どのような」

「松谷先輩が妹以外の後輩と親しく話してるものだから、もしかして姉妹を解消するんじゃないかって」

「姉妹を……解消？」

聞き慣れない表現に、狂三は首を捻《ひね》った。姉妹関係など、そう簡単に解消できるものではないと思うのだが。

するとそんな困惑を察してか、佳織が続けてくる。

「ああ、姉妹っていっても本物の姉妹じゃないわよ。うちの学園、シュヴェスタっていって、上級生が下級生に付いて、学園生活を教えたりする風習があるの」

「ああ、なるほど。そういうことですのね」

「うん。まあ、いわゆるスール制よ」

「…………」

いわゆられた。有名な制度なのだろうか。狂三にはよくわからなかった。

「言ってしまえば学生互助みたいなものなんだけど、みんな多感な年頃だからさ。やっぱこう、姉と妹はちょっと特別な関係ってみなされることが多くて」

「なるほど。そんな中、人気の高い松谷先輩が、妹以外の後輩ばかり構っていた、と」

「そうそう。まあ、尾ひれが付くのも早くてさ。根も葉もない噂ばっかりだったんだけど、私、当の松谷先輩の妹とも割と仲良かったから、なんかこじれちゃったというか」

「と、言いますと」

「噂を聞いたその子が、私のところに事情聞きにきたのよ。『どういうこと？』って。それでまた噂が盛り上がっちゃってさ。直接対決⁉　みたいな」

「あらあら。それはそれは」

狂三は息を吐きながら肩をすくめた。妹からすれば一大決心だったのかもしれないが、確かに噂好きの観衆《ギャラリー》からすれば、格好のネタに違いない。

「でも、むしろいい機会だったのではありませんこと？　誤解であることを直接説明できたのでしょう？」

「それが、そうもいかなかったというか」

狂三が言うと、佳織は気まずそうに頬を掻《か》いた。

「どういうことですの？」

「んー、もちろん誤解であることは伝えたんだけど、松谷先輩に口止めされてたから、具体的に何を相談されてたかは言えなくてさ。それで、その子的にはむしろ疑念を深めちゃったみたいで」

「ふむ……」

狂三が考えを巡らせるようにあごを撫でると、佳織が手足を投げ出すように伸ばした。

「別に先輩のせいじゃないけどさ、タイミング悪すぎよね。まさか直前になって自殺未遂で病院担《かつ》ぎ込まれるとは思わないじゃない？

しかも、妹の方は妹の方で、当てつけなのか後追いなのかわからないけど、これ見よがしに手首に包帯巻いてきちゃったりして。もう完全に悲劇のヒロイン気取り。私は二人の姉妹仲を引き裂いた魔性の女扱いよ。やんなっちゃう」

「それはお気の毒に」

狂三は声のトーンを落としながら言ったのち、「ところで」と続けた。

「『直前』というのは？　松谷先輩から相談されていた内容に何か関わりが？」

「あー……」

佳織は悩むように腕組みしたのち、首を横に振った。

「……ごめん。こんなことになっちゃって今さらかもしれないけど、約束だからさ。ちょっと言えないかな」

「そうですの」

佳織の言葉に、狂三《くるみ》は目を細めた。——事件解明のためには少しでも多くの情報が欲しいところではあったけれど、そう言われてしまっては無理強《じ》いはできまい。

「——ありがとうございます。参考になりましたわ。最後にもう一つ伺ってもよろしいですか？」

「何？」

「その松谷先輩の妹さんのクラスとお名前を」

「ああ……言ってなかったっけ。あなた、確か二年C組でしょ？　あなたのクラスの子よ。名前は——」

佳織は首肯とともに言った。

「橋口郁乃《はしぐちいくの》よ」

◇

放課後。狂三は一人、学園の敷地《しきち》内にある礼拝堂にいた。

幾つもの長椅子が並んだ、広い空間である。採光を考えられた窓から夕陽《ゆうひ》が差し込み、前方に掲げられた十字架を赤く照らしていた。

礼拝の時間には生徒や教師、シスターなどで埋め尽くされる場所ではあるが、放課後となれば逆にシンと静まりかえる。その静寂が、むしろこの場所の神秘性を高めているような気がした。

だが、狂三がそんなことを思った次の瞬間。

「お待たせいたしましたわぁぁぁぁっ！」

礼拝堂の扉が勢いよく開け放たれたかと思うと、派手な縦ロールを揺らした教育実習生が元気のよい声を響かせてきた。

そう。この礼拝堂こそが、狂三と茉莉花《まつりか》が落ち合うことを約束していた『いつもの場所』だったのである。

「声が響くのでお静かにお願いします、栖空辺《すからべ》先生」

立場を強調するように狂三が言うと、茉莉花は「これは失礼しましたわぁぁぁっ！」とこれまた元気よく額を叩《たた》いた。その大声と、ぺちこーん！　という音が、またも礼拝堂に響き渡った。驚異的な落ち着きのなさだった。

狂三はやれやれと息を吐くと、「それよりも」と咳払《せきばら》いをした。

「情報を共有いたしましょう。いろいろと興味深い証言が得られましたわ」

言って、今日の昼休みに得た情報を簡潔に説明する。

茉莉花は真面目な調子で腕組みしながら、ふうむと唸《うな》るような声を上げた。

「もう一人の自分を見た……ですの。まるでドッペルゲンガーですわね」

ドッペルゲンガーとは、自分自身の姿を自分で見る幻覚のことである。狂三は「ええ」と首肯した。

「ドッペルゲンガーを見ると死んでしまう、という都市伝説もありますわね。まあ、今回のケースはあくまで未遂で、死んではおられませんけれど」

狂三が冗談めかすように言うと、茉莉花はあごを撫《な》でながら続けてきた。

「それに、松谷杏菜《まつたにあんな》さんの妹——橋口郁乃さん、ですか。狂三さん、同じクラスなのですわよね。一体どんな方ですの？」

「……それが、まったく記憶にありませんの」

「あら、昨日までの記憶が曖昧なのは聞きましたけれど、今日も見ておられませんの？」

「どうやら今日は、体調不良でお休みのようでして」

狂三は肩をすくめながら答えた。

そう。昼休みに郁乃の名前を聞いてから、どんな人物かを確かめようとしたのだが、彼女の席は空席のままだったのである。

というかそれは、朝狂三が誤って座ってしまった席だった。鞄《かばん》が置いていなかったため、自分の席と間違えてしまっていたのだ。

「……って、今日うちのクラスの出欠を取ったのはあなたではありませんの」

「そういえばそうでしたわね！」

茉莉花は胸を張りながら言うと、少し声のトーンを落とし、続けた。

「ともあれ、怪しいですわね。手首に包帯を巻いていた、というのも非常にくさいですわ」

「手首の包帯が何か？　自殺未遂をした松谷先輩の真似をしたのでは？」

「どうでしょうか。もしかしたら因果関係が逆かもしれませんわよ」

思わせぶりな茉莉花の言葉に、狂三はぴくりと眉を動かした。

「それは……犯行に使われた魔術工芸品《アーティファクト》に心当たりがあるということですの？」

狂三の言葉に、茉莉花はこくりとうなずいた。

「考えられるのは——恐らく、魔術工芸品《アーティファクト》『取り替え子《チェンジリング》』」

「『取り替え子《チェンジリング》』……」

チェンジリングとは、ヨーロッパ伝承にある、妖精による子供の取り替えのことだ。

妖精が人間の子供を攫《さら》い、代わりに人間の子供そっくりに変身させた妖精の子供を置いていく。妖精の子供は、見た目こそ人間の子供にそっくりだが、気性の荒い暴れ者であったり、非常に身体《からだ》が弱く、すぐに死んでしまったりするという。

「ええ。装飾品の形をした魔術工芸品《アーティファクト》ですわ。対象の血液に浸したり、髪の毛を巻き付けるなどしたそれを身につけることにより、使用者は一定時間、対象そっくりの姿に化けることができると言われています」

「……！　それが、松谷先輩の目にしたドッペルゲンガーの正体だと？」

「ええ。それならば証言と一致しますわよね」

「それは……確かに。でも、それと自殺未遂になんの関係が？」

「『取り替え子《チェンジリング》』の能力は物真似《ものまね》だけではありません。対象に変身した使用者は、変身している間、対象と感覚を共有するようになるのですわ」

茉莉花の言葉に、狂三はハッと息を詰まらせた。

「感覚の共有——」

「そう。簡単に言うと、使用者が怪我《けが》をしたならば、対象にもそのダメージがフィードバックされるということですわ。使用者が自ら手首を切ったならば、対象の手首には身に覚えのない傷が刻まれることでしょう」

「つまり、『取り替え子《チェンジリング》』で変身した郁乃さんが自分の手首を切り、その傷が松谷先輩に共有された……」

郁乃さんの手首の傷は、松谷先輩の後追いをしたわけではなく、むしろ先に付けられたものだった……ということですの？」

狂三が言うと、茉莉花は深く首肯した。

「そう考えると、辻褄《つじつま》は合いますでしょう？」

「……確かに」

狂三は難しげな顔でうなずいた。

茉莉花の話は仮説に過ぎない。けれどそれを聞いた瞬間、すとんと腑《ふ》に落ちるような感覚があったのである。

思えば今回の事件は、何もかもが中途半端《ちゅうとはんぱ》だった。犯行に明確な殺意が感じられるわけでもなく、目的も曖昧。端的に言うと、犯人の顔が見えなかったのだ。

けれどそれが、少女の嫉妬と歪《ゆが》んだ愛情の結実であったと考えると、不思議と納得できてしまうのだった。

そんな狂三の反応を受けてか、茉莉花は「よし！」と手を叩いた。

「今からその郁乃さんのところに参りましょう。この学園は全寮制。体調不良でお休みといっても、寮の部屋にはいるはずでしょう？　部屋番号を調べて参りますわ」

「今から、ですの？」

「ええ。善は急げですわ。──もしも犯人の持つ魔術工芸品《アーティファクト》が『取り替え子《チェンジリング》』だったなら、真に恐ろしいのは面と向かって相対することではなく、こちらの情報を持って身を隠されることですもの。血液や体液を採取するのは難しいかもしれませんけれど、髪の毛の一本も取られていないと本当に断言できまして？」

「……それもそうですわね」

茉莉花の言うとおりだ。『取り替え子《チェンジリング》』は恐ろしい魔術工芸品《アーティファクト》であるが、条件を満たさねばその力を発揮できない。仮に荒事になったとしても『取り替え子《チェンジリング》』を奪ってしまえばそれで終《しま》いなのだ。

だが、こちらに悪意を持って身を隠された瞬間、その魔術工芸品《アーティファクト》は致命的な武器となり得る。一刻も早く動くに越したことはないだろう。

「わかりましたわ。参りましょう」

狂三はそう言うと、茉莉花とともに礼拝堂を出た。

職員室で橋口郁乃の部屋番号を調べたあと。

狂三と茉莉花は、連れ立って夕陽に染まった道を歩いていた。

校舎から寮へと延びた舗装路である。朝狂三も登校するために歩いてきた道だ。終業から少し時間が経《た》っているためか、生徒の姿は見受けられない。皆既に自分の部屋に戻っているか、部活に勤《いそ》しんでいるといったところだろう。

「…………」

そんな静かな道を歩きながら、狂三は微《かす》かに眉根を寄せた。

校舎を出てから──否《いな》、もっと正確に言うのなら、郁乃の部屋に行くことを決めた辺りから、奇妙な感覚が渦を巻いていたのである。

茉莉花の言うことはもっともであるし、仮に郁乃が犯人でなかったとしても、話を聞くのは無駄にはなるまい。この行動に異存があるわけではない。

だが、どうも違和感がある。何かを見落としてしまっている気がする。その疑念は、一歩足を進めるごとにどんどん強くなっていった。

「狂三《くるみ》さん？　どうかされましたの？」

狂三の歩調が遅くなっていることに気づいてか、茉莉花が首を傾《かし》げてくる。

「……いえ」


狂三は短く答えると、少し歩幅を大きくした。

確かに狂三は今得体の知れない居心地の悪さを覚えている。だが、それはあくまで感覚的な問題であり、明確な根拠があるわけではないのだ。郁乃《いくの》が犯人かもしれない以上、足を止めるほどの理由にはなり得なかった。

狂三がほんの少しでも、郁乃の容貌や性格、言動などを覚えていたならば、少しは判断材料になったのかもしれないが――


「――――」


と、そこまで考えたところで、狂三はぴくりと眉を揺らした。

そう。狂三は未《いま》だ、昨日までの記憶を全て思い出したわけではない。中途半端な記憶喪失状態だ。

対象と同じ姿に変身し、感覚を共有する魔術工芸品《アーティファクト》、『取り替え子《チェンジリング》』。もしも犯人が使用していたのがその魔術工芸品《アーティファクト》だとするならば、如何《いか》にして狂三の記憶を失わせたというのだろうか。――まさか、狂三の姿に変身して、記憶を失うまで頭を叩き続けたというわけではあるまい。
茉莉花《まつりか》の推理が間違っている……？
それとも、犯人の持つ魔術工芸品《アーティファクト》は一種類ではない……？
そもそも狂三の記憶喪失はこの件とはまったく関係のない偶然だった……？
様々な可能性が生まれては消え、狂三の頭を混乱させた。
——本当にこの選択は正しいのか？　本当にこのまま、郁乃の部屋に行っていいのか？
足を進めるごとに動悸《どうき》が激しくなっていく。
強い目眩《めまい》を覚えるように、視界が歪んでいく。
だが。
「さあ、狂三さん。この部屋ですわ」
「…………！」
次の瞬間、茉莉花の言葉が響いてきて、狂三はハッと肩を揺らした。
そして、しばしの間呆然《ぼうぜん》と、示された部屋の扉を見つめる。
しかし、それも当然だ。何しろその部屋は——
今朝、狂三が目を覚ました部屋だったのだから。
「————」

言葉を失う。

ノックをするという選択肢は、なぜか浮かばなかった。

狂三の手は耐えがたい衝動に突き動かされるようにドアノブを握ると、そのまま扉を引き開けた。

扉の向こうには、今朝も見た簡素な内装が広がっている。

壁に沿うように置かれたシングルベッドに、学習机。小さな棚。

そして机の前に置かれた椅子の上に。

一人の少女が、狂三を待ち構えるように悠然と腰掛けていた。

「あ——」

思わず、喉から声が漏れる。

とはいえそれも無理からぬことではあった。

そこに腰掛ける少女の容貌に、見覚えがあったのである。

艶やかな射干玉《ぬばたま》の髪。白磁の如《ごと》き肌。確かな理知を帯びた眼差《まなざ》しに、不敵な形に歪んだ唇。身に纏《まと》っているのは学園の制服であったが、彼女に漂うどこか老練な雰囲気の前では、少し幼稚にさえ思われた。

「——推理の時は刻まれましたわ」

少女が、狂三を出迎えるようにそう言う。まるで狂三たちの来訪を予想していたように。

その玲瓏《れいろう》たる声は、狂三のよく知るものだった。

目を細めながら、少女が続ける。


「やはりあなたが犯人でしたのね。——郁乃さん」

少女——時崎狂三は、狂三に向かって、そう言った。

◇

「あ、あ、あ、あ——」

狂三は、激しい頭痛に頭を押さえながら、その場に膝を突いた。

もう一人の狂三の言葉を起点とするように、今まで曖昧だった記憶が、急速に実像を帯びていく。自分の本当の名前が思い出されていく。

「……私、は……」

——嗚呼《ああ》、そうだ。ようやく思い出した。

橋口《はしぐち》郁乃。それが自分の名前。

そしてそれは、魔術工芸品《アーティファクト》『取り替え子《チェンジリング》』を使って今回の事件を引き起こした犯人の名でもあった。

そう。今から数ヶ月前、連休を利用して実家に帰った郁乃は、家に奇妙な小包が届いているのを発見した。

宛名は、既に亡《な》くなっている曽祖父のものだった。送り主の名もなかったため仕方なく箱を開けたのだが——その中に、世にも不思議な力を持つ指輪が収められていたのである。

郁乃は、最初は面食らった。なぜこの世にこんなものが存在するのかと恐ろしくなり、誰にも相談できずに、箱に入れて机の中にしまい込んだ。そのまま二度と開けることはないだろうと思っていた。

けれど、ひと月ほど前、とあることが起こった。

郁乃の『姉』である松谷杏菜《まつたにあんな》が、急に郁乃の同級生と親しくなり始めたのである。

最初は特段気にしていなかった郁乃だけれど、方々から不穏な噂《うわさ》を耳にし、いても立ってもいられなくなった。

しかし、杏菜に尋ねても、佳織《かおり》に尋ねても、答えをはぐらかされるばかりで、不安は募っていくばかりだった。

決定的だったのは、杏菜からの電話だ。

(――もしもし。郁乃?)

(……はい。お姉様。なんですか?)

(何って……あなた、もしかして、まだ気づいていないの?)

(……!? 気づいてって……それは……)

(……まあいいわ。なら明日、時間を作ってちょうだい。直接話すわ)

そうとだけ言って、杏菜は電話を切った。

それからしばしの間、郁乃は電話を手に立ち尽くすことしかできなかった。

もしも、杏菜から姉妹を解消されてしまったら。

もしも、杏菜が佳織を新しい妹にすると言ったら。

そんな可能性が脳裏を掠《かす》めた瞬間。郁乃の手の中には、一生使うまいと心に決めていた、魔術工芸品《アーティファクト》の指輪が握られていた。

犯行動機は、実は自分でもよくわかっていない。

自分を捨てようとした杏菜を懲らしめたかったのか。

敬愛する杏菜を失うくらいならば、いっそ一緒に死んでしまおうと思ったのか。

恐らく、どちらでもあって、どちらでもなかったのだろう。

朦朧《もうろう》とする意識の中、痛みに気づいて手を水桶《みずおけ》の中から引き抜いたときには、既に桶《おけ》の中は血で真っ赤に色付いていた。

翌日。朝から救急車のサイレンが学内に鳴り響き――杏菜が病院に搬送された。

郁乃はそれを、遠くから呆然と見送ることしかできなかった。

――それから数日。郁乃は無気力な日々を過ごした。

一応学校には行っていたものの、日がな一日ぼうっとしているだけで、授業にも礼拝にも身が入らなかった。

普段ならば誰かが注意してくれるのかもしれなかったけれど、事情が事情だけに話しかけてくる生徒もほとんどいなかった。皆、どう対応してよいのかわからなかったのだろう。

何しろ郁乃の手首には、まるで杏菜の後追いをしたかのように包帯が巻かれていたから。

けれどそれからまた数日後、予想外のことが起こる。

突然クラスにやって来た転入生が、自殺未遂事件のことを探り始めたのである。

最初は特に気にも留めなかった。なぜなら郁乃が犯行に使ったのは魔術工芸品《アーティファクト》。いくら調べたところで郁乃に辿《たど》り着けるはずはなかったからだ。

だが、ひょんなことから転入生の手帳を見てしまった郁乃は、戦慄に身を震わせることとなった。

そこには、『魔術工芸品《アーティファクト》の関与が疑われる』との一文が記されていたのである。

郁乃は恐怖した。この少女は。時崎《ときさき》狂三という名の転入生は、魔術工芸品《アーティファクト》のことを知っている。

このままでは、郁乃が犯人だとバレてしまうかもしれない。

それはつまり、杏菜を傷付けたのが自分であるとバレてしまうことと同義である。

それは駄目だ。それだけは駄目だ。

もしもそれが暴かれたなら。

そしてもしもその真実が、杏菜の耳に入ったなら。

そう考えるだけで、郁乃は生きた心地がしなかった。

嗚呼、なんとも身勝手ながら、こんなことをしておいて、郁乃は未《いま》だに杏菜のことが好きで好きでたまらなかったのである。

身勝手と自覚しながらも、郁乃はその恐怖に耐えられなかった。

郁乃は覚悟を決めた。——時崎狂三の毛髪を入手し、杏菜にしたように、狂三の身体《からだ》に傷を刻むことにしたのである。

恐らく死ぬことはあるまい。これは警告だ。このまま調査を続けるのならばこちらにも考えがあるというメッセージだ。

狂三《くるみ》に恨みはない。けれど、郁乃《いくの》は真実を知られるわけにはいかなかった。

夜。狂三の姿に変身した郁乃は、意を決してナイフを手に取った――

「……ああ……」

そこまでは覚えている。

その後、気づいたら郁乃は狂三の姿のまま眠っていて、記憶が曖昧な状態になっていたのだ。

「思い出されたようですわね」

椅子に腰掛けた狂三が――本物の時崎狂三が、静かに言ってくる。

その手首には、傷らしいものは一切見受けられない。

今の自分と同じ姿をしたその少女が、郁乃の目にはこの上なく恐ろしい怪物のように見えた。

「あ、あ、あ――」

瞬間、ベッドの下に鈍く光るものを発見し、郁乃は手を伸ばした。

そこに落ちていたのは、小ぶりなナイフだった。恐らく狂三の姿で気絶した際、そこに転がり込んでしまっていたのだろう。

「────」

郁乃が手にしたものの正体に気づいたのだろう。狂三がぴくりと眉を揺らし、茉莉花《まつりか》が制止するように叫びを上げてくる。

「郁乃さん！」

「あああああああ────ッ！」

けれどももはや郁乃には、自分で自分を制御することができなかった。郁乃は荒れ狂う衝動のままにナイフを逆手に構えると、その切っ先を自分の腹部に突き刺した。

鋭い痛みが腹部を襲い、赤い血が花を咲かす。

──はずだった。

「え……？」

郁乃は目を丸くして自分の腹部に視線を落とした。──傷一つ付いていない、自分の腹部に。

「これは……」

よく見ると、ナイフの刃がバネ仕掛《じか》けで柄の中に引っ込んでいることがわかる。見た目は精巧に作られているものの、玩具《おもちゃ》だ。

「万一に備えてすり替えておいて正解でしたわね。……にしても、いきなり自分のお腹《なか》を刺そうとするとは思いませんでしたけれど」

「……まあ、記憶が曖昧な中、自分と同じ顔が部屋で待ち構えていたなら、恐慌《きょうこう》状態に陥ってしまうのもわからなくはないですが」

狂三の言葉に、茉莉花が苦笑しながら言う。狂三は「ああ」とうなずいた。

「言われてみればそうかもしれませんわね。同じ顔がたくさんいるのなんて慣れっこだったもので、あまり気にしていませんでしたわ」

「……？　ご姉妹がたくさんいらしたとか？」

「まあ、そんなところですわ」

狂三が肩をすくめながら返す。

しかしそんな軽い調子の会話に反して、郁乃の頭は混乱したままだった。手にしていた玩具のナイフを床に落とし、ゆっくりと顔を上げる。

「なんで……あなたは、一体……どうやって……」

郁乃の口からは、辿々《たどたど》しい問いしか零《こぼ》れなかった。

けれど狂三はそれだけで質問の意図を察したらしい。ゆっくりと椅子から立ち上がりながら返してくる。

「――今回の事件に使用された魔術工芸品《アーティファクト》が『取り替え子《チェンジリング》』であることは、比較的早い段階で予想が付いておりましたわ。そして、それを用いてわたくしが攻撃される可能性にも」

だから、と狂三が続ける。

「それに備えて、対策を取らせていただきましたわ。確かに『取り替え子《チェンジリング》』で変身したあなたが受けた傷は、わたくしの身体にも現れる。けれど、忘れてはいけませんわ。『取り替え子《チェンジリング》』の力はあくまで感覚の共有。決して一方通行ではありません。――わたくしの身体が受けたダメージもまた、あなたに共有されるのですわ」

「な……」

郁乃が目を見開くと、狂三は自分の首筋を細い指先で撫《な》でた。

「手首にナイフが触れる感触を覚えた瞬間、茉莉花さんに頸動脈《けいどうみゃく》を押さえてもらい、一時的に意識を遮断させていただきましたわ。――身体に負担がかかるので、よい子は真似《まね》してはいけませんわよ？」

一体誰に語りかけているのだろうか。注意するように狂三が言う。

郁乃は、呻《うめ》くように声を漏らした。

「じゃあ……この記憶の混濁も、あなたが……？」

「まさか。なんでもかんでもわたくしのせいにされては困りますわね。──精神は身体の影響を受けるもの。魔術工芸品《アーティファクト》の使用に慣れない身体で、短期間のうちに幾度も別人の姿になっていれば、自己が揺らぐのも無理のないことですわ」

狂三はそう言ったあと、「……まあ、意識の強制遮断がきっかけになった可能性は否定できませんけれど──」と小声で付け加えた。

「……先生も、全部知ってたってわけ……？」

郁乃が背後に立った茉莉花を睨《にら》み付けながら言うと、茉莉花は得意げに胸を張ってみせた。

「そういうことですわ！」

「ちなみに茉莉花さんが得意げに披露したであろう推理は、だいたいわたくしが伝えたものですわ」

「そ、それはわざわざ言わなくてもいいではありませんの⁉」

茉莉花が焦《あせ》ったように汗を滲《にじ》ませる。それを見てか、狂三が小さく笑った。

しかし、郁乃にそれを笑うような余裕はなかった。狂三を睨《ね》め付けるようにしながら、再度口を開く。

「……あなたたちは、一体何者？」

郁乃が問うと、狂三は肩をすくめながら続けた。

「そうですわね――魔術工芸品犯罪《アーティファクト・クライム》専門の探偵といったところですわ」

「……私を捕まえに来たっていうこと？」

「いいえ。わたくしの目的は、あくまであなたの持つ魔術工芸品《アーティファクト》の回収ですわ。確かにあなたのやったことは許されることではないかもしれませんが、わたくしにあなたを断罪するような資格はございません」

「……なら、なんですぐにこれを回収せずに、私を泳がせるような真似をしたっていうの？」

言いながら、左手を掲げる。その小指には、古びた指輪が嵌《は》められていた。

最初は意味がわからなかったが、記憶を取り戻した今ならば理解できる。それこそが魔術工芸品《アーティファクト》『取り替え子《チェンジリング》』であったのだ。

すると狂三は、すっと目を細めた。

「あなた自身に、事件の真相を突き止めていただこうと思いまして」

「事件の真相……？」

郁乃は渋面を作った。

「私が全てを思い出した今、突き止めるも何もないじゃない。……それとも、自分のしでかした罪の重さを再認識させようとでもいうの？」

「さて、どうでしょう。あなたは確かに犯人かもしれませんけれど、だからといって今回の事件の全てを知っているわけではないのでは？」

「……どういうこと？」

訝《いぶか》しげに郁乃が問うと、狂三は静かに続けてきた。

「あなたは杏菜《あんな》さんが姉妹関係を解消しようとしているのではないかと思っていたようですが——果たして本当にそうだったのでしょうか？　事件前、杏菜さんが佳織《かおり》さんに相談していたこととはなんだったのでしょう。事件当日、杏菜さんが東校舎ではなく西校舎から寮に帰ってきたのは、なぜだったのでしょう」

「え……？」

狂三の言葉に、眉根を寄せる。

すると狂三は、細長い箱のようなものを取り出し、郁乃に渡してきた。

「これは……」

「——失礼とは思いましたけれど、あなたの机の中から拝借してきましたわ」

言われてみれば、郁乃はその箱に見覚えがあった。

そう。今朝郁乃が自分の席に座った際、机の中に入っていたものだ。ピンク色の包装紙と、リボンが施してある。

朝は自分のことを狂三と思い込んでいたため、さして気にしていなかった。だが、記憶が戻った今思い返してみても、その箱に覚えはなかったのである。

「──まさか」

郁乃は息を詰まらせると、包装紙を解き、箱を開けた。

中には可愛《かわい》らしいアクセサリーとともに、小さなメッセージカードが入っており──杏菜の筆跡で『1st Anniversary』の文字が記してあった。

「あ──」

それを目にして、郁乃は呆然《ぼうぜん》と目を見開いた。

ああ、そうだ。事件の日。その日は、杏菜と自分が『姉妹』になって、ちょうど一年が経《た》った日だったのである。

「あ、あ──」

震える声が、喉から漏れる。

郁乃は、嗚咽《おえつ》とともに床にくずおれた。

「私、なんてことを──」

杏菜は、郁乃と姉妹を解消しようなどとは思っていなかった。

佳織もまた、郁乃《いくの》を裏切ろうとなどしていなかった。

全ては、根拠のない噂話《うわさばなし》に踊らされた郁乃の独り相撲。

そんな身勝手な理由で、郁乃は敬愛する杏菜を傷付けてしまった。

後悔と絶望が肺腑《はいふ》を満たす。郁乃は慟哭《どうこく》とともに床を殴りつけた。

「――もしもあなたの手に魔術工芸品《アーティファクト》がなければ、今回のような事件は起きなかったでしょう。あと一晩、辛《つら》い夜を過ごすことにはなったかもしれませんが、翌日には誤解は解けていたでしょう」

狂三《くるみ》が、細く息を吐く。

「魔術工芸品《アーティファクト》『取り替え子《チェンジリング》』の元になった伝承は、現代に比べて乳幼児死亡率が高かった時代、『死んだのは自分たちの子ではなく妖精の子で、本当の子は妖精の国で今も元気に生きている』と思い込むための寓話《ぐうわ》の一種だったのではないかという説があります。

――今回のように、悲しい思い込みで起こった事件に『取り替え子《チェンジリング》』が関わってしまったのは、皮肉なものですわね」

狂三はそう言うと、呆然とする郁乃のもとに近づいてきて、その左手小指から、古びた指輪を抜き取った。

すると次の瞬間、狂三と同じ姿をしていた郁乃の身体《からだ》が、まったく別の姿に変じていった。

栗色《くりいろ》の髪に、そばかすの散った頰。——橋口《はしぐち》郁乃本来の姿である。

「あ——」

「あとのことはご自由に。自分で自分が許せないのならば、今と同じことをするのも止めはしません。

ただ、その前に少しだけ考えてくださいまし。もしもあなたが死んでしまったなら、杏菜さんがどれだけ悲しむのか」

「あ、あ、あ……」

涙が滂沱《ぼうた》と溢《あふ》れ、床に染《し》みを作っていく。

狂三はそんな郁乃を見届けるように立ち上がると、「それでは、ごきげんよう」と残して、その場を去って行った。

◇

「——結局、魔術工芸品《アーティファクト》を盗み出した犯人の手がかりはなし、ですの」

数日後。駅前の雑居ビル二階に位置する時崎《ときさき》探偵社で。

紅茶を一口啜《すす》ったのち、狂三はほんのりと温かくなった息を吐き出した。

そう。無事魔術工芸品《アーティファクト》『取り替え子《チェンジリング》』を回収できたはいいものの、それを持っていた橋口郁乃もまた、魔術工芸品《アーティファクト》の入手経路は謎の小包によるものだったのである。

「なんとも奇妙な話ですわね。栖空辺邸《すからべてい》襲撃犯は一体何が目的ですの？　せっかく手に入れた魔術工芸品《アーティファクト》を、手当たり次第に送りつけているようにしか見えませんわ」

狂三が肩をすくめながら言うと、向かいのソファに座っていた茉莉花《まつりか》がふうむと考え込むような仕草をした。

「もしかしたら、魔術工芸品犯罪《アーティファクト・クライム》に溢れた、混乱の世を作ろうとしているのかもしれませんわ！」

「安い悪役のような発想ですわね」

狂三がため息交じりに言うと、茉莉花は少しショックを受けたように肩を落とした。

「犯人の狙いはどうあれ、魔術工芸品《アーティファクト》を散逸させられてしまったのは厄介ですわね。今回のケースも、被害者の『もう一人の自分を見た』という証言があったから辿《たど》り着けたようなもので、もし何もなければ疑念すら抱かず取り逃していたかもしれませんわ」

と、そこで茉莉花が、何かを思い出したように眉を上げた。

「あ、そういえば狂三さん。その件についてですけれど」

「何かありましたの？」

「ええ。あのあと、松谷《まつたに》杏菜さんは退院されたそうですわ。――それで、無事郁乃さんと再会できたとか。佳織さんの誤解も解けたそうで」

「ふうん。そうですの」

「あらあら、クールですのね。いっときとはいえ籍を置いた学園のことですのに」

「潜入のたびにいちいち情を移していては切りがありませんわ」

狂三が言うと、茉莉花は何やらによによと口元を歪《ゆが》めた。

「ほー、へー、そうですのー」

その表情からは、そのわりには随分世話を焼いてたみたいですけどー、という色が感じられた。ギロリを茉莉花を睨み付ける。

「何か?」

「いえいえ。なんでもありませんわ」

あまり突っついても面倒なことになると判断したのだろう。茉莉花は話題を変えるようにひらひらと手を振った。

「にしても、驚きましたわね」

「何がですの?」

「いえ、学園に潜入すると言ったとき、ナチュラルに生徒としての潜入を選んだ狂三さんの豪胆さにですわよ」

「──ぶふっ」

茉莉花の言葉に、狂三は思わず咳《せ》き込んだ。

「いやまああたくしたちも大学生ですし、ついこの間まで制服を着ていたのでそこまで違和感はありませんでしたけれど」

「ちょっと待ってくださいまし。わたくしが進んで制服を着たがったかのような表現は止《や》めてくださいまし。学園への潜入と聞いたらそう考えるのが普通でしょう」

「えぇー？　そうですかしらー。あたくしは普通に教育実習生としての潜入を提案したつもりなのですけれどー」

「…………」

茉莉花が心底楽しげに言ってくる。狂三は額の血管をひくひく動かしながらも、努めて穏やかな笑みを作った。

「茉莉花さん。『取り替え子《チェンジリング》』はいつもの保管庫に置いてあるのですわよね？」

「はい？　ええ、そうですけれど」

「ちょっと髪の毛を一本拝借しますわね」

「いや何をするつもりですの⁉」

にこやかな狂三の言葉に、茉莉花が逃げるようにソファから立ち上がった。

The artifact crime files
kurumi tokisaki

Case File V

あんなものが欲しいと仰るんですの

狂三オークション

「──どうも、不可解ですわね」

彩戸《さいと》大学のキャンパス内にあるカフェテラスで、時崎狂三《ときさきくるみ》は小さく独り言《ご》ちた。

長い黒髪を髪留め《バレット》で飾った少女である。仕立てのよいブラウスに、上品なシルエットのロングスカートを纏《まと》い、それらの印象を損なわない程度の所作と姿勢で以《もっ》て椅子に腰掛けている。

その手元には今、革張りの手帳と筆記具、スマートフォン、それに一冊の本が並べられていた。その脇に、この席を占有する言い訳代わりのティーポットとカップが、どこか居心地悪そうに佇《たたず》んでいる。

狂三は開かれた本の紙面に視線を落とすと、細く息を吐いた。

それは、栖空辺《すからべ》家の蔵に所蔵されていたという魔術工芸品《アーティファクト》の目録──正確に言うのならその不完全な写本──であった。そこに記された魔術工芸品《アーティファクト》の名を順繰りに眺め、思案を巡らせる。

とはいえ狂三は、魔術工芸品《アーティファクト》の名と効力を暗記しようとしているわけでも、手に入れた魔術工芸品《アーティファクト》の利用法を考えているわけでもなかった。──そんなものは、この写本を借り受けた日に粗方済ませている。

狂三の目下の懸案事項は、栖空辺邸《てい》を襲撃し、魔術工芸品《アーティファクト》を奪い取ったという犯人の『目的』だったのである。

狂三は茉莉花《まつりか》の依頼を受け、これまで幾つかの事件を解決し、数個の魔術工芸品《アーティファクト》の回収に成功している。

しかしそれらの事件の犯人は、魔術工芸品《アーティファクト》を持ってこそいたものの、栖空辺邸襲撃犯との関わりが一切確認できなかったのである。

犯人たちは全員、魔術工芸品《アーティファクト》はある日、謎の小包によって送られてきたと話している。

無論、虚偽の供述という可能性もあったため様々な調査を行ったが、現状彼女らの言葉を覆《くつがえ》すような材料は見つかっていない。

つまり栖空辺邸襲撃犯は、せっかく手に入れた魔術工芸品《アーティファクト》を、自分と関わりのない第三者に送りつけているということになるのである。

——意味がわからない。狂三は難しげに眉根を寄せた。

栖空辺邸襲撃犯は一体何を考えているのだろうか。

まさか茉莉花の言うように、混沌《こんとん》に満ちた世界を作ろうとしている——などということはあるまい。

何か。何か理由があるはずなのだ。何も知らない第三者に魔術工芸品《アーティファクト》を送りつける理由が。もしくは、送らねばならなかった理由が――

と、狂三がそんなことを考えていると。

「――おお、狂三ではないか！」

不意に背後から、そんな元気のよい声がかけられた。

ぴくりと眉を揺らしてそちらを見やると、そこに二人の少女の姿があることがわかる。

一人は、長い夜色の髪と水晶の如《ごと》き幻想的な双眸《そうぼう》が特徴的な、弾《はじ》ける笑顔の少女。

もう一人は、色素の薄い髪を肩口で切《き》り揃《そろ》えた、人形のように表情の乏しい少女である。

夜刀神十香《やとがみとおか》と鳶一折紙《とびいちおりがみ》。二人とも、狂三と同じ彩戸大学に通う一年生であった。

昼食をとりに来たのだろう。二人ともトレーを手にしている。折紙のトレーにはコーヒーにサンドイッチ、それと携行栄養食が載っており、十香のトレーには、ハンバーガーが山のように堆《うずたか》く積まれていた。……いろんな意味で対照的な二人だった。

「あら、十香さんに折紙さん。お久しぶりですわね。……十香さんは相変わらずお元気そうで」

「む？　うむ、元気だぞ」

狂三が苦笑しながら挨拶すると、十香が大仰にうなずいてきた。

「狂三こそ、珍しいではないか。こんなところで何をしているのだ？」

「何をしている、とはご挨拶ですわね。わたくしだってこの大学の学生なのですから、構内のカフェくらい利用しますわ」

「まあそうなのだが、あまり大学に来ていないようではないか。単位は大丈夫なのか？」

心配そうに言ってくる十香に、狂三は思わず笑ってしまった。こう言っては申し訳ないのだが、まさか十香に、単位について心配される日が来ようとは思ってもいなかったのだ。

「ぬ？　どうかしたか？」

「いえ、なんでも。一応留年しない程度に計算しておりますのでご心配なさらず」

「そうか。ならばよいが」

十香は小さくうなずくと、言葉を続けてきた。

「それより、せっかく久々に会ったのだ。一緒に食べないか？」

「ええ、構いませんわ」

狂三がそう言ってテーブルの上のスペースを空けると、十香と折紙はトレーをそこに落ち着け、向かいの席に腰掛けた。

「しかし狂三、普段は何をしているのだ？　あるばいとでもしているのか？」

「ええ、まあ。そんなところですわ」

狂三が言うと、十香の隣に座った折紙が、怜悧《れいり》な視線を向けてきた。

「──それは、探偵業のこと？」

「あら、あら。さすがお耳が早いですわね」

学外での活動を言い当てられてしまった狂三だが、さして驚きはしなかった。魔術《アーティ》工芸品《ファクト》専門ということは大っぴらにしていないものの、探偵事務所自体は隠れた場所にあるわけでもない。大学一の秀才と名高い折紙であれば、その程度の情報を仕入れていても不思議ではなかった。

そんな狂三の反応を見てか、折紙が目を細める。

「また悪巧み？」

「うふふ、どうでしょう」

「………」

狂三の曖昧な笑みに、折紙が目を細める。

彼女なりに狂三を信じてくれているのかもしれないし、追及したところで狂三が真実を話すはずがないと考えたのかもしれない。まあ仮に後者であったとしても、ある意味狂三を信じているということにはなるかもしれなかったけれど。

魔術工芸品《アーティファクト》を追っているということを詳《つまび》らかにするつもりはない。だが、思考を整理したいところではあった。狂三は自然な調子で言葉を投げた。

「ねえ、十香さん、折紙さん。お食事の間、少し世間話に付き合っていただけませんこと?」

「構わんが……なんだ?」

「……」

十香が首を傾《かし》げながら、折紙が無言で以て返してくる。

「たとえばの話です。とあるお屋敷《やしき》に強盗が入り、様々なものが盗まれてしまいました。しかしその強盗は、せっかく盗んだものを、不特定多数の第三者に送りつけ始めたのです。それは一体なぜでしょう?」

「ぬ、なんだそれは」

「うふふ、まあ、暇潰しの思考ゲームのようなものとお考えください」

狂三が微笑《ほほえ》みながら言うと、数瞬の思案ののち、折紙が返してきた。

「……、可能性は幾つか考えられる」

「お聞かせ願えまして?」

「一つ、その強盗が自らを義賊と称していた場合。一つ、その物品を保有し続けていることによって何らかの不利益が生じる場合」

「ふむ……」

狂三はあごに手を当てた。確かに、考えられない話ではない。

「不利益——というのはどのような？」

「物品がどのようなものかによる。たとえばサイズが大きなものの場合、保管場所の問題が出てくるし、周囲に見つかってしまう可能性も高くなる。他にも、その物品が毒物や爆発物だった場合は保有自体がリスクになる可能性もあるし、高級食材など、長期保存が困難なものだった場合、自分たちのみで消費・使用しきれない可能性が出てくる」

「なるほど」

狂三が納得を示すようにうなずくと、十香が眉を八の字にしてきた。

「むう……食べ物が奪われてしまったのか？　それは大変だな……」

トレーの上を見ればわかるように、十香は大変な健啖家《けんたんか》だ。手にしたハンバーガーの包みを見ながら、悲しそうな顔をする。狂三は思わず苦笑した。

「いえ、あくまでたとえ話ですので、ご心配なく」

「ならばよいが……」

十香は手にした包みを開けると、一瞬でハンバーガーを平らげた。

「私ならば取られる前に全部食べてしまうぞ」

「……それができるのは十香さんくらいですわ」

「むう。ならば食べきれない分は、折紙と狂三に分けてやろう。見も知らぬ強盗に取られるくらいならば、友人にあげた方がずっといい」

言って、トレーの上に積まれたハンバーガーを、折紙と狂三に一つずつ渡してくる。

しかし折紙は、差し出されたハンバーガーを十香に返した。

「いらない。必要な栄養は摂取している」

「わたくしも遠慮しておきますわ。今はお腹《なか》が空いておりませんので――」

狂三もまた、折紙に倣《なら》うように十香にハンバーガーを返そうとし――

「――――」

そこで、ぴくりと眉を動かした。

「――強盗に取られるくらいなら、友人にあげる方が――？」

「む？　どうした狂三。やはり欲しいのか？」

「いえ、そうではありません。――申し訳ありませんが、お先に失礼しますわ。少し、確かめたいことができてしまいましたの」

狂三《くるみ》は、きょとんとする十香と折紙をその場に残し、荷物を纏《まと》めて席を立った。

◇

「…………」

駅前のほど近くにある雑居ビルの二階。時崎《ときさき》探偵社。

そのオフィスで、狂三は机の上に並べられた様々な物品とにらめっこをしていた。

奇妙な意匠の施された、鈍色《にびいろ》の銃弾。

精緻な細工の硝子瓶《ガラスびん》に紅筆。

妖しい輝きを放つ包丁。

妖精の羽のような紋様が描かれた指輪——

それらは、今までの事件で狂三が回収してきた魔術工芸品《アーティファクト》の数々だった。普段は専用の保管庫に保管している品々であるが、調べたいことがあったため持ち出していたのである。

そして、今机の上にあったのは、それだけではない。

魔術工芸品《アーティファクト》に対応するように、数枚の包装紙や箱が並べられていたのである。

そう。今までの事件の犯人たちのもとに魔術工芸品《アーティファクト》が送られてきた際に使用されていたものだ。

無論、指紋などの調査は既に済ませてあるが、襲撃犯の痕跡と思《おぼ》しきものは見つかっていない。

とはいえ、今狂三が確認したかったのはそれではなかった。目を細めながら包装紙に触れ、矯《た》めつ眇《すが》めつ眺め回す。

紙の質は悪くないが、随分と古いもののようだ。少し力を込めれば簡単に破けてしまいそうな頼りなさがある。

表面に記された宛名書きも、だいぶ年季が入っている。そしてそこに記されていたのは、今までの事件の犯人たちの名ではなかった。

それもそのはず。彼女らの証言によれば、これらは彼女ら本人宛に送られてきたものではなく、既に亡《な》くなった両親や祖父母などに送られてきたものという話だったのである。

奇妙な共通点。今まで気にならなかったわけではないが、よく意味がわかっていなかったというのが正直なところだった。

けれどある視点でそれを考えた場合、それに一つの意味があるような気がしたのである。

「……もしも、そんなことがあるとしたら」

狂三は静かに呟《つぶや》くと、ゆらりと席を立った。

「——最初の事件から、見直す必要があるかもしれませんわね」

◇

「——十香《とおか》さん、十香さん」

「む？」

彩戸《さいと》大学のキャンパスで狂三に話しかけられ、十香は顔を上げた。

「おお狂三。今日も来ていたのだな。何か用か？」

「ええ。十香さんに一つ、お願いしたいことがございますの」

「む？」

狂三の言葉に、十香はきょとんと目を丸くした。

◇

「──大変ですわぁぁぁぁぁぁぁぁぁぁぁぁぁぁっ！」

天宮《てんぐう》駅のほど近くに建った、雑居ビルの二階。

『時崎探偵社』の文字が書かれたドアを弾くようにして、絶叫とともに一人の少女が転がり込んできた。

見事に巻かれた縦ロールの髪に、普段着と呼ぶにはやや煌《きら》びやかに過ぎるドレス。全身でお嬢様っぷりをアピールしているかのような装《よそお》いである。その突飛な言動も相まって、一目見たならば記憶の底にこびり付いて離れないインパクトがあった。

けれど事務所の最奥《さいおう》に腰掛けた狂三は、微塵《みじん》も驚く様子を見せずに半眼を作るのみだった。

「茉莉花《まつりか》さんは鳥に喩《たと》えると明け方の雄鶏《おんどり》ですわよね」

「せめて雌で喩えてほしいですわーっ⁉」

狂三が言うと、少女——栖空辺《すからべ》茉莉花は、たまらずといった調子で甲高い声を上げてきた。

「それよりも、一体どうしましたの？」

「ええっ！　これを見てくださいまし！　一階のポストに投函《とうかん》されていましたの！」

言って、茉莉花が手にしていたものを机の上に置いてくる。

それは、厚手の白い紙で作られた封筒であった。表面に『時崎探偵社　時崎狂三様』と宛名が印字されている。既に封筒上部が綺麗《きれい》に切り取られており、中に入っている紙がちらと顔を覗《のぞ》かせていた。

「わたくし宛の手紙を先に開封するのは如何《いかが》なものかと思いますけれど」

「それはまことに申し訳ありませんわ！」

狂三の指摘に、茉莉花がビシッとポーズを取りながら「ただ」と続ける。

「危険物が入っている可能性も否定できなかったため、X線《エックスせん》とファイバースコープで中を調べてから開封させていただきましたの！」

「……、そうですの」

狂三は目を細めると、それ以上不満を口にすることはせず、封筒を手に取った。

何を言っても無駄という諦めもないことはなかったが、それ以上に、茉莉花の言うことにも一理あったのである。

少なくともこの手紙の差出人は、狂三がここで探偵事務所を開いていることを知っている人物ということになる。狂三と茉莉花の活動を考えれば、それくらい慎重になっても損はないだろう。

「封筒に差出人の名は書かれていませんわね。——中はご覧になりまして？」

「ええ。見てみてくださいまし」

茉莉花が促すようにうなずいてくる。狂三は封筒の中から、三つ折りになった便箋を取りだし、視線を落とした。

そこには、無機的な印字でこう記されていた。

『招待状
時崎探偵社　時崎狂三様
一〇月二〇日《はつか》一九時、以下の場所にて、魔術工芸品《アーティファクト》オークションを開催いたします。

是非奮ってご参加ください』

「招待状……ですの。日時は明日の夜——いやに急な話ですわね」

狂三がぽつりと零《こぼ》すように言うと、茉莉花が汗を滲《にじ》ませながらこくりとうなずいた。

「ええ。しかも魔術工芸品《アーティファクト》のオークションと来たものですわ。……どう思われまして？」

「怪しいにもほどがありますわね。ただ……」

狂三は考えを巡らせるようにあごを撫《な》でながら、続けた。

「少なくともこの招待状の差出人が、わたくしたちが魔術工芸品《アーティファクト》を収集していることを知っているのは確かですわ。真意はどうあれ、こちらが魔術工芸品《アーティファクト》を欲《ほっ》していることを承知した上でコンタクトを試みている……」

「そう……ですわね」

「その上で、もしも本当にそんなオークションが開かれるとするなら、考えられる可能性は大きく考えて四つ」

言いながら、狂三は指を一本立てた。

「一つは、この差出人が、茉莉花さんのように魔術工芸品《アーティファクト》を保有している魔術師の末裔《まつえい》である可能性。我々が魔術工芸品《アーティファクト》を欲していることを知り、高値で売りつけられると思い招待状を出してきた」

「なるほど……確かに、魔術工芸品《アーティファクト》はうちの専売特許というわけではありませんわ」

茉莉花が納得を示すように首肯してくる。狂三は指をもう一本立てた。

「もう一つは、この差出人が、今までの犯人のように、栖空辺邸《てい》襲撃犯からの小包を受け取っている可能性」

「それもありえる話ではありますわね。でも、せっかく手に入れた貴重な魔術工芸品《アーティファクト》を売ってしまうなんて……」

「茉莉花さんには信じられないかもしれませんけど、世の中には、人智《じんち》を超えた魔術《アーティ》工芸品《ファクト》よりも、お金の方が欲しいという方も少なくないのですわ」

その言葉に、茉莉花は驚いたような表情を作った。

まあ、名家の令嬢である彼女には実感が湧かないのかもしれないが、それを納得いくまで説明するつもりもなかった。話を続けるように、三本目の指を立てる。

「もう一つは、我々と同じく、栖空辺邸から散逸した魔術工芸品《アーティファクト》を集めている人物である可能性」

「我々のように……？」

「ええ。栖空辺邸襲撃犯の狙いは未《いま》だ杳《よう》として知れませんけれど、盗み出した魔術工芸品《アーティファクト》を様々な方に送りつけている様子。だとするならば、我々のようにその存在に気づいた者が、それを集めていたとしても不思議はありませんわ」

「そ、それはつまり、狂三さんのライバル——西の名探偵がいるということですの⁉」

「西かどうかはわかりませんけれど」

狂三が汗を垂らしながら言うと、茉莉花が興奮気味に問うてきた。

「それで、最後の一つはなんですの？」

「ええ。最後の一つは——」

狂三は四本目の指を立て、目を研ぎ澄ますように細めながら、続けた。

「——オークションの開催者が、栖空辺邸襲撃犯本人である可能性ですわ」

「な……っ⁉」

狂三の言葉に、茉莉花が息を詰まらせる。

「う、うちから魔術工芸品《アーティファクト》を盗み出した犯人が……⁉」

「ええ。オークションを開催できるほど多数の魔術工芸品《アーティファクト》を持ち、かつ魔術工芸品《アーティファクト》を収集する我々——正確には、栖空辺家のご息女である茉莉花さんのことを知っている。その条件を満たしているのは間違いありませんでしょう？」

「……確かに。でも、一体なぜそんな真似《まね》を⁉」

「目的まではわかりませんわ。しかしそれを言うのなら、せっかく盗み出した魔術工芸品《アーティファクト》を不特定多数の方に送りつけているという行動自体、不合理極まるものではありませんこと?」

「そ、それは……そうですけれど」

茉莉花が額に汗を滲ませながら腕組みする。狂三《くるみ》は「まあ」と続けた。

「もちろんその場合、我々が収集した魔術工芸品《アーティファクト》を奪うための罠《わな》——という可能性も十分考えられるのですけれど」

「…………っ!」

茉莉花が、目を見開きながら眉根を寄せる。

「た、確かに。言われてみればその通りですわ。……というか仮に開催者が襲撃犯ではなかったとしても、罠の可能性が高いのでは……?」

「あら、よく気づかれましたわね。さすがですわ」

狂三が微笑《ほほえ》みながらパチパチと拍手をすると、茉莉花は照れるように頭をかいた。

「いやー、これでも、狂三さんの側《そば》で幾つもの事件を見てきましたもの……って、そうではなく!」

茉莉花はブンブンと首を横に振った。

「危険ではありませんの！　飛んで火に入る夏の虫とはこのことですわ！」

「ええ、まあ、その通りですわね。非常にリスキーですわ」

　しかし、と狂三は続けた。

「──わたくしはあえて、乗ろうと思います」

「……!?　なぜですの!?」

「考えてみてくださいまし。もしもこの手紙の内容が本当であった場合、みすみす魔術《アーティ》工芸品《ファクト》を手にする機会を逃すことになってしまいますわ。──それに、これが『取引』ではなく『オークション』であるという点が重要でしてよ」

「ど、どういうことですの……？」

　茉莉花が困惑気味に問うてくる。狂三は唇を笑みの形に歪《ゆが》めながらうなずいた。

「オークションとは、ご存じの通り競売のことでしてよ。出品された品を欲する客たちが値を付け合い、より高値を示した者がそれを落札する──

　つまり、このオークションには、わたくしたち以外にも、魔術工芸品《アーティファクト》を欲する客が招待されている可能性が高い、ということですわ」

「あ……！」

　茉莉花が、ハッと肩を揺らす。

狂三は大仰にうなずきながら続けた。

「そう。開催者が誰であれ、魔術工芸品《アーティファクト》のことを知る者たちが多数集まるのは確かなのですわ。中には、魔術工芸品《アーティファクト》を保有している方もいらっしゃるでしょう。それこそ、栖空辺邸襲撃犯か、その手の者が参加している可能性だってありますわ。仮に魔術工芸品《アーティファクト》が手に入らなかったとしても、それらの情報だけでも千金の価値があるとは思いませんこと？」

「た、確かに……でも、それはこのオークションが本物だったらの話でしょう？　もしそれも含めて罠だったとしたなら……」

不安げな茉莉花の言葉に、狂三はニッと笑みを作った。

「そのときは、罠ごと打《ぶ》ち壊してしまえばいいのですわ。そうすれば少なくとも、わたくしたちを狙った犯人の情報は手に入りましてよ」

「…………！」

狂三が言うと、茉莉花《まつりか》は目から鱗《うろこ》が落ちるような表情を作った。

そしてやがて顔を俯《うつむ》かせたかと思うと、くつくつと喉の奥から笑い声を漏らしてくる。

「ふ、ふふふ……、おーっほほほほほほほほほ！」

茉莉花が顔を上げる。その表情にはもう、不安や逡巡《しゅんじゅん》は微塵《みじん》も残っていなかった。

「狂三さんの言うとおりですわ！　虎穴に入らずんば虎児を得ず！　茉莉花は今虎になりますわーっ！」

　そしていつもの調子で、甲高い声を大音量で響かせる。

「早速準備に取りかかりましてよ！　見たところオークション会場は孤島にある様子！　船をチャーターしておきますので、待ち合わせの場所と時間が決まったらまた連絡いたしますわ！」

　茉莉花はテンション高くそう言うと、狂三の言葉も聞き終わらぬうちに、勢いよく事務所から出ていった。


「──茉莉花さん、茉莉花さん」

「むむっ⁉」

　時崎《ときさき》探偵社の入っている雑居ビルから出た茉莉花は、ビルの近くに待たせていた車に乗り込もうとしたところでそんな呼び声を聞き、そちらに顔を向けた。

　見やると、二階の小窓から狂三が顔を覗《のぞ》かせていることがわかる。

「ああっ、狂三さん！　まだ何かご用でして⁉」

「別に用というほどのことはありませんわ。ただ――」

と、そこで、狂三の言葉に被《かぶ》さるかのように、どこかから車のクラクションが鳴り響く。

茉莉花は耳に手を当てながら眉根を寄せた。

「すみません！　全然聞こえませんでしたわ！　もう一度お願いします！」

「――大したことは言っていませんわ。ただ、船を用意してくださると仰《おっしゃ》ったでしょう。わたくし船酔いが激しいので、あまり揺れない船だとありがたいですわ」

「なるほど！　任せてくださいまし！　豪華客船をご用意いたしますわ！」

「……いえ、それは目立ち過ぎますし、たぶん停泊もできないので、ほどよい大きさでお願いしますわ」

「それもそうですわね！　承りましたわー！」

茉莉花は元気よく答えると、くるりとターンをしてから車に乗り込んだ。

◇

――オークション当日。

狂三と茉莉花は、手紙に記されていたオークション会場へとやってきていた。

本土からフェリーで二時間ほどの場所にある小さな孤島。その中央部に位置する洋館である。普段あまり人の出入りがないのだろう。煤《すす》けた屋根や蔦《つた》の絡《から》みついた壁面が、幽霊屋敷《やしき》のような不気味さを醸《かも》し出《だ》していた。

まあ、こんな交通の便の悪い場所に館を建てている時点で、館の主人が尋常な人物でないことは確かだった。熱狂的なミステリーファンか、古城愛好家か……あるいは、人目に触れさせたくない会合を定期的に開いているのか。

「これはまた、いかにもといった様子ですわね」

その豪壮かつおどろおどろしい佇《たたず》まいを見上げながら、狂三は息を吐いた。

するとその隣に立った茉莉花が、ふっと不敵な笑みを浮かべながら胸を反らす。

「ええ！　あたくしたちに相応《ふさわ》しい舞台ですわ！」

「うふふ、勇ましいですわね。招待状が届いたときはあんなに狼狽《ろうばい》していらしたのに」

「ふっ、覚悟を決めたあたくしは虎となったのですわ！」

「臆病な自尊心を持っておられそうですわね」

「プライドは高くてなんぼですわー！」

言って茉莉花が、おーほほほ！　と甲高い笑い声を上げてみせる。狂三は苦笑しながら、ところどころに雑草の生えた舗装路を渡り、洋館へと歩いていった。

すると洋館の入り口にさしかかったところで、そこに立っていたタキシード姿の男が、恭《うやうや》しく礼をしてくる。

「──ようこそおいでくださいました。招待状を拝見させていただいてもよろしいでしょうか」

「ええ、もちろんですわ」

短く答え、手にしていたハンドバッグから例の封筒を取り出す。

男はその封筒を確認すると、再び深々と頭を下げた。

「時崎探偵社、時崎狂三様と、お連れの栖空辺《すからべ》茉莉花様ですね。お待ちしておりました。どうぞこちらへ」

言って、男が館の扉を開け、中へと促してくる。

狂三と茉莉花は一瞬視線を交わしたのち、小さくうなずきあってから、館の中へと足を踏み入れた。

館の中は、外観とは印象が異なった。内装や調度品の趣味は外と同じく仰々しいものであったのだが、きちんと手入れや掃除が行き届いていたのである。もしかしたら館の外観は、あえて放置しているのかもしれなかった。主人の趣味なのか、来訪者に威圧感を与えるためなのか、はたまた外から見たとき、あまりこの館が使用されていないように見せたかったのかはわからなかったけれど。

「──こちらのお部屋でお待ちください。間もなくオークションが始まります」

長い廊下を渡ったのち、男が突き当たりの大きな扉を開けてそう言った。

短く返し、その扉をくぐる。

扉の先は、広いホール状の空間になっていた。最奥《さいおう》が舞台のようになっており、幕がかけられている。そしてそれに向かい合うように、幾つもの椅子が配置されていた。

『………』

そこには既に、四名の先客の姿があった。

狂三たちがホールに足を踏み入れた瞬間、その全員の視線が向けられる。

一人は、髭《ひげ》を生やした温厚そうな老紳士。

一人は、高級そうなスーツを纏《まと》った三〇歳くらいの男。

一人は、髪を二つ結びにした、高校生くらいの女の子。

そして一人は──夜色の長い髪と、水晶の如《ごと》き幻想的な双眸《そうぼう》が特徴的な、狂三《くるみ》たちと同年代くらいの少女だった。なぜか手に、黒い手袋を着けている。

年齢も性別もバラバラの四人は、しかし示し合わせたようなタイミングで狂三たちから視線を切ると、舞台の方に向き直った。

そんな洗礼を浴びてか、茉莉花がごくりと息を呑《の》み、小声で話しかけてくる。

「……この方たちが、今日あたくしたちと競《せ》り合《あ》うオークション参加者ですの？　右の殿方たちはともかく、左手のお嬢さん方は意外ですわね。少し若すぎるというか……」

「そうでして？　見た目の年齢や容貌が当てにならないことは、『吸血鬼の牙《ヴァンピール》』事件で痛感したではありませんの」

狂三が返すと、茉莉花はハッと目を見開いてきた。

「確かに、そうでしたわね。言われてみれば、見た目にそぐわない老獪《ろうかい》さが見え隠れするような気がしてきましたわ。何らかの魔術工芸品《アーティファクト》で若作りしているのでは……？」

「………………」

その囁《ささや》きに応ずるように、髪を二つ結びにした女の子がギロリと睨《にら》んでくる。もしかしたら聞こえてしまっていたのかもしれない。茉莉花がひっ、と息を詰まらせ、狂三の陰に身を隠した。

「気をつけてくださいまし。茉莉花さんは地声が大きいのですから」

「……肝に銘じますわ」

茉莉花が申し訳なさそうに言う。その声量は、先ほどよりもさらに抑えられていた。

そんな茉莉花を伴いながら、手近な席に腰掛ける。

するとそこで、茉莉花がぴくりと眉を揺らした。

「あら？　あの方……」

「どうかいたしまして？」

「ああ、いえ。もう一人のお嬢さんの方なのですけれど。あの方、どこかで見たことがありませんこと？」

「ふむ……？」

狂三は夜色の髪の少女に目をやると、ゆっくりと頭を振った。

「いいえ。わたくしは見覚えがありませんわ。もしかしてお知り合いですの？」

「いえ、そういうわけではないのですけれど……」

茉莉花が眉根を寄せながら首を傾《かし》げる。

狂三はふうと息を吐くと、話題を変えるように続けた。

「それよりも、今のうちに確認しておきたいことがあるのですけれど」

「え？　ああ、はい。なんですの？」

「単純な話でしてよ。これから行われるオークションに、いくらまで使ってよいのか、ですわ」

狂三は目を細めながら小声で問うた。

「もしも本当に魔術工芸品《アーティファクト》が出品されるならば、栖空辺邸《てい》から奪われたものであろうと、別の出自のものであろうと、可能な限り入手したいのが本音ですわ。けれど、これは一対一の取引ではなくオークション。軍資金の高を知っておきたいのですわ」

「ああ──それもそうですわね」

茉莉花は大仰にうなずくと、ちょいちょい、と狂三に手招きをしてきた。

それに応ずるように、茉莉花の方に耳を近づける。すると茉莉花は狂三の耳に口を近づけ、ぼそりとその額を告げてきた。

「……ぶふッ！」

それを聞いて、狂三は思わず咳《せ》き込んだ。

「あら、大丈夫ですの狂三さん」

「……え、ええ。少し驚いただけですわ」

狂三の言葉に、茉莉花が少し不安げに眉根を寄せた。

「もしかして足りませんでしたか……？」

「…………、いえ、十分ではないかと」

と、狂三が汗を滲《にじ》ませながら言った瞬間。

ホールがふっと暗くなったかと思うと、前方のステージにスポットライトが当てられ、幕が左右に開いていった。

そして、ナイトドレスを纏い、顔の上半分を仮面で覆い隠した女性が壇上に現れる。

「――皆様。大変長らくお待たせいたしました。

これより、シークレットオークションを開催いたします。世界中から選《え》りすぐられた名品、珍品の数々を取り揃《そろ》えております。お眼鏡に適《かな》うものがございましたら、どうぞ奮ってご参加くださいませ」

仮面の女性が礼をする。参加者たちからまばらな拍手が送られた。

「さて、それでは早速一品目でございます」

言いながら、仮面の女性が手を掲げる。するとそれに応ずるように、ステージの袖から、バニーガールのような衣装を纏った仮面の少女が二人、大仰なワゴンを押して歩み出てきた。

一糸乱れぬ動き。恐らく双子だろう。違いといえば髪型と胸囲くらいのものだった。

双子のバニーガールはステージの中央まで歩くと、左右対称の動きで、ワゴンの上に掛けられた白い布を取り払う。

そこには、神秘的な色の液体が収められた、奇妙な意匠の小瓶が置かれていた。

「かつて魔術師が創ったとされる、摩訶不思議《まかふしぎ》な品の数々――魔術工芸品《アーティファクト》。

これはその中の一つ。一口飲めば身体《からだ》に精気が漲《みなぎ》り、二口飲めばあらゆる病がたちどころに癒え、三口飲めば古木の如く老いた身体が、若木の猛《たけ》りを取り戻す。

不死の酒の名を冠した霊薬、『ネクタル』でございます」

仮面の女性の説明に、オークション参加者の間に小さなざわめきが生まれる。

冗談としか思えない品の説明を疑っているのか――それとも、その品が本当に出品されたことに驚いているのか。

「……！　狂三さん――」

「……ええ」

狂三もまた、茉莉花《まつりか》の声に応ずるようにうなずいた。

「『ネクタル』……栖空辺家の目録にあった魔術工芸品《アーティファクト》の名前ですわ」

そう。霊薬『ネクタル』。それは『吸血鬼の牙《ヴァンピール》』事件の際、使用が疑われた魔術工芸品《アーティファクト》だったのである。

「ということは、このオークションの主催者は、うちを襲撃した犯人、もしくは犯人から小包を受け取った方……ということでして？」

「それはまだわかりませんわ。もしも『ネクタル』が複数個製造されていたのなら、茉莉花さんのお家に保管されていたそれと同一のものかどうかは判別できませんもの」

「……確かに、その通りですわ。あたくしも全ての魔術工芸品《アーティファクト》を確認したことがあるわけではありませんので、外見までは知りませんし」

「とはいえ――」

「ええ」

狂三が問い掛けるように視線を送ると、茉莉花は「全力で」と言うように首肯してきた。

それに合わせるように、仮面の女性が声を上げる。

「それでは、一〇〇〇万円から――どうぞ」

小瓶一つの薬に付けるにしては、法外な値段。

しかし仮面の女性が言った瞬間、椅子に座っていた参加者たちが次々に手を挙げた。

「一五〇〇万」

「二〇〇〇万」

「二八〇〇万」

「四〇〇〇万」

みるみるうちに値が吊《つ》り上《あ》がっていく。

それは取りも直さず、今この場にいるオークション参加者たちが、壇上に掲げられた怪しげな薬が本物であると信じているということに他ならなかった。

狂三はすっと手を挙げると、静かな口調で告げた。

「──三億」

『…………！』

狂三の声に、参加者たちが息を詰まらせる。

無理もあるまい。それまでの値上がり幅を大幅に超える額をいきなり提示したのだから。

しかし、これでいい。小刻みに競り合うよりも、対抗する気を削《そ》ぐ方が、結果的に狂三の有利に働く可能性が高かった。それはこの品のみではなく、次以降の品においてもだ。

まあ無論それは、栖空辺《すからべ》家の馬鹿げた資金が背後にあるからこそできるパワープレイではあったのだけれど。

「……、三億一〇〇〇万」

「三億三〇〇〇万」

「三億五〇〇〇万──」

「──五億ですわ」

なおも競ってくる参加者を突き放すように、高らかに言う。

すると狂三の気迫に圧《お》されたかのように、参加者たちはそれきり口を噤《つぐ》んだ。

「五億。他にいらっしゃいませんか？　よろしいですね？

──では、五億円で落札でございます」

仮面の女性が宣言する。落札を祝福するように、双子のバニーガールがぱちぱちと拍手をした。

「さて、では次の品に参りましょう。

こちらも摩訶不思議なる力を秘めた珍品でございます――」

仮面の女性の声に合わせて、双子のバニーガールが次なるワゴンを運んでくる。

そうして、奇妙なるオークションは続いていった。

「では、次の品です」

落札された品が舞台袖に運ばれていき、次なるワゴンがステージの中央にやってくる。

オークション開始からどれくらいの時間が経《た》っただろうか。現在競売にかけられた品の数は一〇品。その全てを狂三《くるみ》が落札していた。

中には栖空辺家の目録に記されていないものや、やや真贋《しんがん》の怪しいものもありはしたのだが、茉莉花に目配せしたところ「GOですわ！」と言うようにうなずいてきたので、全力で落としにかかっていたのである。

さすがに全品落札というのはやり過ぎたのか、先ほどから他の参加者たちがちらちらと視線を寄越してきたりしていたが、茉莉花はまったく意に介していない様子だった。多くの魔術工芸品《アーティファクト》を入手できているからか、ほくほく顔で微笑《ほほえ》んでいる。もはや、栖空辺邸襲撃犯がこの中にいるかもしれないということすら忘れていそうだった。

「うふふ、さて、次の品はなんでしょう。楽しみですわね！」

そんな茉莉花の声に応えるように、ワゴンにかかっていた布が取り払われる。

そこに置かれていたのは、精緻な細工の施された、金の懐中時計だった。

「――失われてしまったあの光景をもう一度見たい。闇に包まれた真実を解き明かしたい。誰でも一度はそう思ったことがあるのではないでしょうか。

北欧神話、運命の三女神が一柱《ひとはしら》の名を冠した魔術工芸品《アーティファクト》、『ウルズの時計』。この時計は、そんなあなたの望みを叶《かな》えてくれるでしょう。

この時計を過去の時刻にセットすれば、その時刻にその場所で起こった事象や、対象の過去の姿を視《み》ることができると言われています」

仮面の女性の説明に、参加者たちが色めき立つ。

だがそれも無理のないことだろう。もしも本当にそんなことが可能だったならば、如何《いか》な秘密さえも手にすることができる。権力者の弱みを握ることも容易《たやす》いだろう。人間誰しも、隠しておきたい過去の一つや二つは存在する。使い方によっては巨万の富を手にすることさえ可能であるに違いなかった。

逆に言えば、悪意ある人物に持たせるには危険に過ぎる魔術工芸品《アーティファクト》である。いくら支払ったとしても目の届く場所に置いておきたい代物ではあった。——まあ、狂三に悪意がないかといえば、決してそんなことはなかったのだけれど。

「ではこちら、一億円から——どうぞ」

仮面の女性が促すように言ってくる。次々と参加者が手を挙げ始めた。

「二億」

「四億」

「五億」

「七億」

ハイペースに値が吊り上がっていく。

狂三は今までと同様に参加者たちを突き放すべく、手を挙げようとした。

「二〇——」

が。そこで狂三は動作と言葉を中断した。

理由は単純。隣に座っていた茉莉花が、狂三の手を押さえていたからだ。

「茉莉花さん……？」

狂三が目をぱちくりさせながら言うと、茉莉花は額に汗を滲ませながら頭を振ってきた。

「……ストップですわ、狂三さん。あれは落札してはいけません」

「ふむ……理由をお聞きしても?」

狂三の問いに、茉莉花は他の参加者たちに聞こえないよう声をひそめて続けてきた。

「……あれは、恐らく贋物《にせもの》ですわ」

「あら、あら……」

茉莉花の言葉に、狂三はすっと目を細めた。

ワゴンの上では、精巧な造りの金時計が、スポットライトを浴びて妖しい光を放っている。狂三の目には、これまで出てきた品との決定的な違いは見受けられなかった。

「そこまで仰《おっしゃ》るということは、何か根拠がおありになりますの?」

「……ええ、もちろんでしてよ」

「一体どのような?」

「あ、あのようなもの、うちの目録にはなかったからですわ」

その言葉に、狂三はあごを撫《な》でながら返した。

「おかしな話ですわね。今までも目録にない品はあったはず。それに、明らかに真贋の怪しい品も、ですわ。なぜ今になって、そのようなことを気にされますの?　軍資金にはまだまだ余裕があるはずですわよね？」

「それは……」

茉莉花が口ごもる。

狂三は、茉莉花の顔を覗《のぞ》き込むようにしながら続けた。

「まるで『ウルズの時計』――過去を覗くことができる魔術工芸品《アーティファクト》がわたくしの手に渡るのを恐れていらっしゃるかのようなご様子ですわねぇ」

「…………っ!?」

狂三が言うと、茉莉花は顔中に汗を滲《にじ》ませた。

「あら。もしかして図星でして？　うふふ、でもそんなに心配することはありませんわよ。人には誰しも、知られたくない過去の一つや二つあるものですわ。わたくしも、徒《いたずら》に人の過去を覗こうなどとは考えておりません」

「そ、そうですの……？」

狂三の言葉に、茉莉花《まつりか》が微《かす》かに緊張を弛緩《しかん》させる。

狂三は、ニィッと唇を三日月の形にしながら続けた。

「ええ。わたくしはただ――栖空辺邸《てい》の蔵の焼失跡で、あの時計を使おうと思っているだけですわ」

「――――ッ――」

緩みかけた茉莉花の表情が、再び強張《こわば》る。

その反応に、狂三は芝居がかった調子で続けた。

「あらあら、顔色が悪いですわよ、茉莉花さん。大丈夫でして？」

「え、ええ。それよりもなぜ、そんなことを……？」

「おかしな質問をなさいますわね。栖空辺邸の蔵の焼失跡といえば、魔術工芸品《アーティファクト》が奪い去られた犯行現場。事件当日にそこで起こったことを確認できたなら、今まで闇に包まれていた栖空辺邸襲撃犯の正体が明らかになるかもしれないではありませんの。いくら茉莉花さんでも、その程度のことがわからないはずはありませんわよね？」

それとも、と狂三は視線を鋭くした。

「蔵の跡地を調べることに、何か不都合でもございますの？

――まさか、まだわたくしに隠していらっしゃることがあるとか？」

「な、何を……！　そんなことあるはずがないではありませんの！」

思わずといった調子で叫び、茉莉花が椅子から立ち上がる。参加者や登壇者が、驚いたような視線を送ってきた。

「あらあら、何を焦《あせ》っておられますの？　落ち着いてくださいまし」

「焦ってなどおりませんわ。あたくしはただ、贋物とわかっているものを落札するのは無駄と言っているだけでしてよ！」

「……お客様。オークション中ですのでお静かに願います」

仮面の女性が、ステージ上から注意してくる。まあ、突然騒ぎ出した上に、今まさに競売にかけられている品を贋物と言ったのだ。当然といえば当然のことだった。

茉莉花はいきり立つように肩を上下させながら、仮面の女性の方を一瞥《いちべつ》した。

「──失礼。ですが此度《こたび》の品、あたくしたちは競《せ》りに参加いたしません。どうぞ他の皆様たちでお楽しみくださいまし」

茉莉花がぴしゃりと言う。狂三は「あらあら」とわざとらしく目を丸くした。

「いかがいたしまして、茉莉花さん。随分と強引ではありませんの」

「……なんとでも仰ってくださいまし！　競り落《お》とす資金はあたくしのお金ですわ！」

茉莉花がキッと視線を鋭くしながら言ってくる。狂三はやれやれと肩をすくめた。

「まあ、それはその通りですわね。スポンサーが嫌という以上、無理は言えませんわ」

言いながら、壇上に目をやり、「どうぞ」と促すように手を掲げる。

すると仮面の女性は、困惑するような様子を見せながらも、小さく咳払《せきばら》いをして司会を続けた。

「……では。現在最高値は二五億五〇〇〇万円です。他にいらっしゃいませんか？」

「――二六億！」

するとそれと入れ替わりになるように、夜色の髪の少女が高らかに声を上げる。

他の参加者たちはしばしの間逡巡《しゅんじゅん》のようなものを見せていたが、やがて諦めたように息を吐いた。

「二六億。他にいらっしゃいませんか？　では、落札です」

仮面の女性が宣言し、双子のバニーガールが拍手をする。

夜色の髪の少女が、手袋に包まれた拳をぐっと握った。

「………………」

そんな様子を見てか、茉莉花が安堵《あんど》の息を吐き、椅子に再度腰掛ける。

その間、茉莉花は狂三の方を一瞥もしなかった。――まるで視線を合わせてしまったなら、その腹の底まで見透かされてしまうとでも思っているかのように。

だが――

「さて、では次が最後の品でございます」

仮面の女性がそう言い、次なる品が運ばれてきた瞬間。

「な――」

茉莉花の表情は、再び玉のような汗で飾られた。

――運ばれてきたのは、一着の服であった。

影と血で染め抜かれたかのような色をした、ゴシックロリータ調のドレスである。ヘッドドレスや長手袋、ブーツまでもが並べられており、なんとも異様な迫力を醸《かも》し出《だ》している。

「――〈神威霊装《エロヒム》・三番〉。かつて世界に現れたという特殊災害指定生命体・精霊。そのうちの一体、〈ナイトメア〉と呼ばれる個体が纏《まと》っていたとされる魔性の衣でございます。これを纏った者は、なんと影の中に潜ることができると言われています――」

仮面の女性が品の説明をする。

その間も、茉莉花は眼球が飛び出んばかりに目を見開き、指先を小刻みに震わせていた。

「あ、あれは……なぜあれがこんなところに……」

「あら、あら――」

そんな茉莉花の横顔を覗き込むようにしながら、狂三《くるみ》は心底楽しげに表情を歪《ゆが》めた。

「いかがされましたの、茉莉花さん。まさかあの品に見覚えでも？」

「……………！　い、いえ、そういうわけでは……」

茉莉花が目を泳がせながら震える声を発してくる。明らかに尋常な様子ではなかった。

だが狂三は腕組みすると、大仰にうなずいてみせた。

「そうですわよね。見てくださいまし。なんとも痛々しいデザインですわ。あんなもの恥ずかしくて着られませんわよね？」

「は――!?」

狂三の言葉に、茉莉花がバッと振り向いてくる。

狂三は面白くて仕方がないというように続けた。

「あら茉莉花さん。どうされまして？　まるで大切に大切にしまい込んでいた宝物を貶《けな》されたかのようなご様子でしてよ？」

「く、狂三さん、あなた……」

茉莉花が戦慄するように奥歯を鳴らす。

そんな二人のやりとりをよそに、競売は開始された。

「では、三億円から――どうぞ」

「五億」

「七億」

「八億」

「一二億」

参加者たちが次々と値を付けていく。今までにないハイペースだった。

「な……！　ちょ、ちょっと！」

それを受けてか、茉莉花が焦ったように叫びを上げる。しかし参加者たちはまるで取り合わず、淡々と競りを続けた。

「く、狂三さん？　手を挙げませんの？」

「ええ」

「どうしてですの？　このままでは他の方に買われてしまいますわよ……!?」

顔中に汗を滲ませながら茉莉花が言う。狂三は半眼を作りながら続けた。

「――あれは贋物ですわ」

「へ……？」

狂三の言葉に、茉莉花が声を上擦らせる。

「どう見ても魔術工芸品《アーティファクト》ではありません。ただの服――もっと正確に言うのなら、コスプレ衣装のようなものですわ。あんなのが許されるのはギリギリ高校生までですわよ。それともまさか茉莉花さん、あんなものが欲しいと仰《おっしゃ》るんですの？」

「そ、それは……」

茉莉花が目を泳がせている間にも、値はどんどん吊《つ》り上《あ》がっていった。

「二五億」

「三〇億」

「三八億」

「く……」

「――三八億。他にいらっしゃいませんか？」

仮面の女性が、参加者たちの様子を窺《うかが》うように視線を巡らせる。

「く……ぐ……っ、ぐううう……ッ……」

茉莉花は狂三の顔と、壇上の衣装を交互に見ながら、悔しげに喉から声を漏らした。

「いらっしゃらないようですね。では落――」

「――さ、三〇億……ッ！」

そこで、茉莉花がバッと手を挙げた。

「三〇億！　出ました。他にはいらっしゃらないようですね。では、落札です」

仮面の女性が言い、双子のバニーガールが手を叩《たた》く。茉莉花は荒い呼吸を落ち着けるようにしながら手を下ろした。

「…………、何か言いたいことでもございますの、狂三さん」

「いえ、別に。茉莉花さんのお金ですわ。そんなに欲しかったのでしたら、わたくしに止める権利はありません」

狂三が半眼を作りながら言うと、それに合わせるようにして、ステージ上から仮面の女性の声が響いてきた。

「以上で、魔術工芸品《アーティファクト》オークションを終了させていただきます。品を落札された方は、手続きがございますのでその場で少々お待ちください。別室へご案内いたします。それ以外の方は、これにて解散となりますので、どうぞお気を付けてお帰りくださ――」

「――お待ちくださいまし」

と。

狂三はそこで、仮面の女性の言葉を遮るように声を上げた。

「は。いかがされましたか、お客様。申し訳ありませんが、競売品の返品は受け付けておりません」

「そうではありませんわ。――しばしの間、ここに集まった皆さんの時間を拝借したいのです」

狂三はそう言うと、すっくと席を立ち、皆を見渡せる位置――ステージの上へと歩いて行った。参加者たちから怪訝《けげん》そうなざわめきが漏れる。

「な、何を……」

そんな狂三を見てか、茉莉花《まつりか》は表情を戦慄に染めていた。とはいえ無理もあるまい。狂三のこの行動は、茉莉花にも伝えていないことだったのである。

会場にいる人間の注目を一身に浴びた狂三は、そこに居並んだ面々を見渡すように視線を巡らせたのち、続けた。

「ご挨拶が遅れました。わたくしの名は時崎《ときさき》狂三。魔術工芸品犯罪専門《アーティファクト・クライム》の──まあ、探偵のようなものですわ」

会場のざわめきが大きくなる。狂三はくすくすと笑った。

「ご安心くださいまし。別にあなた方が魔術工芸品《アーティファクト》を持っていたとしても、それを犯罪行為に使っていないのであれば、わたくしから干渉することはございません。──それがどこかから盗み出されたものでない限り」

「な、なんの話ですか……?」

仮面の女性が狼狽《ろうばい》を露《あら》わにしながら言ってくる。狂三は大仰にうなずいてから続けた。

「今から数ヶ月前、魔術師の末裔《まつえい》である栖空辺《すからべ》茉莉花さんのお家が襲撃を受け、多数の魔術工芸品《アーティファクト》が失われました。──その犯人が、この中にいることがわかったのですわ」

『…………!』

狂三の言葉に、会場にいる面々が息を詰まらせる。

狼狽に満ちた空気の中、狂三はゆっくりとした足取りでステージを歩いていった。

「栖空辺邸《てい》を襲い、魔術工芸品《アーティファクト》を散逸させた犯人。それは――」

そして、大仰な仕草で以《もっ》て人差し指を立て、犯人を指し示す。


「――あなたですわね。茉莉花さん」


瞬間。

会場が、水を打ったように静まり返った。

数瞬のあと。狂三に指さされた茉莉花が、呆然《ぼうぜん》と声を漏らす。

「…………何を――」

「何を仰っておられますの、狂三さん。一体なぜあたくしが、あたくしの家の魔術工芸品《アーティファクト》を……？」

「思えば、最初から疑問だったのですわ。なぜ栖空辺邸を襲撃した犯人は、せっかく手に入れた魔術工芸品《アーティファクト》を多数の方々にバラ撒《ま》いていたのか。

　先日、友人との会話の中でとあることを思いつき、栖空辺邸と、蔵の燃え跡を調べさせていただきましたわ」

「な……一体いつの間にそんなことを」

「うふふ。茉莉花さんがご不在のときに失礼いたしました」

狂三はニッと微笑《ほほえ》むと、「そして」と続けた。

「その結果、わたくしは一つの可能性に至りました。――もしかしたら栖空辺邸を襲った犯人は、魔術工芸品《アーティファクト》をほとんど手に入れられていなかったのではないか、と」

「ど、どういうことですの……？」

「簡単な理屈ですわ。魔術工芸品《アーティファクト》を散逸させたのは襲撃犯ではなく、その真の持ち主――もっと正確に言うのなら、その方が仕掛けた魔術的な安全装置《セキュリティ》だったのです」

ゆっくりとした歩調でステージを巡りながら、続ける。

「魔術工芸品《アーティファクト》は人知を超えた力を持つアイテム。悪意ある人間の手に渡ってしまったなら一大事ですわ。そこで魔術工芸品《アーティファクト》の真の持ち主は、何者かが蔵に押し入り、魔術工芸品《アーティファクト》を強奪しようとした場合、自動的に信頼できる人物のもとに送付されるように設定していたのです。

きっと蔵に収められているときから、梱包《こんぽう》が施されていたのでしょう。今まで解決した事件の犯人宅から押収《おうしゅう》した小包の包み紙や宛名は、どれも古びたものばかりでしたわ。

ああ、もしかしたら、蔵に火を放ったのも、犯人ではなく真の持ち主だったのかもしれませんわね」

　しかし、と指をあごに当てる。

「全てが真の持ち主の計画通りに運んだわけではないようですわね。魔術工芸品《アーティファクト》の退避先に選んだのは皆信頼できる人物——それこそ自らと同じ魔術師の末裔などだったのでしょうけれど、長い時が過ぎる中で、亡《な》くなってしまった方も多数いらっしゃったのですわ。そして、事情を聞かされていないそのお子さんやお孫さんたちが偶然、家に送られてきた魔術工芸品《アーティファクト》を手にし、その魔性の力に魅入《みい》られて犯罪行為に及んでしまった……これが、わたくしたちが今まで遭遇してきた魔術工芸品犯罪《アーティファクト・クライム》の経緯なのではないでしょうか」

　狂三はゆらりと首を傾けると、茉莉花の方に視線を向けた。

「さて、もしも自分が犯人だったとしたなら、どうされますか？　手に入れるはずだった魔術工芸品《アーティファクト》は大半が散逸してしまい、どこへ行ったかわからない」

「…………」

「となれば——回収を試みますわよね。あなたはお屋敷にいた本物のお嬢さんを幽閉し、暗示能力のある魔術工芸品《アーティファクト》か何かを使用してそれに成り代わることで、被害者の立ち位置を手に入れた。そしてわたくしという協力者を用意し、やがて市井《しせい》で起こるであろう魔術工芸品犯罪《アーティファクト・クライム》を待ち構えていたのですわ」

「…………っ」

茉莉花は狂三《くるみ》の説明を青ざめた顔で聞いていたが、やがてぶんぶんと大きく首を横に振った。

「か、仮に魔術工芸品《アーティファクト》を散逸させたのがセキュリティによるものだったとして、なぜあたくしが襲撃犯ということになりますの⁉　蔵の魔術工芸品《アーティファクト》は代々受け継いだもの……あたくしのご先祖様が秘密裏にそのような仕掛けをしていたなら、あたくしには知る由《よし》もありませんわ！」

「なるほど。確かに筋は通っていますわ。受け取り手側もお亡くなりになっている方がおられるのだから、茉莉花さんのご先祖様が知識の継承をされずにお亡くなりになった可能性も否定できません」

「そ、そうでしょう？　全て憶測に過ぎませんわ！　そこまで仰るのであれば、証拠を見せてくださいまし！　あたくしが犯人であるという、確たる証拠を！」

茉莉花が金切り声を上げる。

狂三はふうと息を吐いた。

「往生際が悪いですわよ。あなたももう気づいておられるのではありませんの？」

「な、なんの話でして？」

「最後に出品された『精霊の衣』──あれは、もともとあなたのものですわね？」

「…………ッ！」

茉莉花が、息を詰まらせる。

「言ったはずですわ。あなたが留守の間に栖空辺邸を調べさせていただいたと。あれはその際見つけた隠し部屋に置かれていたものですわ。それとも、まったく同じデザインの服が偶然出品されたとでも思いまして？

まあ──あり得ないとも言い切れませんけれど。あれはかつてこの世に存在したとある、精霊の霊装を模したレプリカですものね」

言いながら、狂三は目を細めた。

「──驚きましたわ。茉莉花さん、まさかあなた、わたくしのことをご存じでしたの？」

「………………」

狂三の言葉に、茉莉花が無言になる。しかしその顔に滲んだ大量の汗は、言葉よりも雄弁に彼女の感情を物語っていた。

「まあ、いいですわ。──それよりも、証拠と仰いましたわね」

言って、人を招き入れるように客席に手を伸ばす。

するとその言葉に応え、左端の席に座っていた夜色の髪の少女がすっくと立ち上がった。先ほど、『ウルズの時計』を落札した少女である。

「いかがでして？」

「──はい。間違いありません。あの方が犯人です」

狂三の問いに、少女がこくりとうなずき、茉莉花を指さす。

「は……？」

茉莉花は、意味がわからないといった様子で目を点にした。

「一体なんの真似《まね》ですの？　その方は何者でして？」

「わかりませんか？」

そう言って狂三が目配せすると、少女は左手の手袋を外した。

中から白い指が現れる。──その中の一本に、妖精の羽のような意匠が施された指輪が塡《は》められていた。

「……！　『取り替え子《チェンジリング》』。まさか──」

それを見て、茉莉花も何かを察したらしい。目を見開いて息を詰まらせる。

少女はゆっくりとした動作で、指に塡めていた指輪を外した。するとその身体《からだ》が淡く輝いていき、数瞬あとには、全く別の姿へと変貌した。

小学生くらいの、小柄な女の子である。絹糸のように艶《あで》やかな髪と、双眸《そうぼう》を覆い隠す眼鏡が特徴的だった。

「あなたは――」

その姿を見て、茉莉花が声を震わせる。

それに答えるように、狂三は言葉を続けた。

「そう。あなたが成り代わっていた、栖空辺家の本当のお嬢様ですわ。『精霊の衣』のレプリカと同じく、栖空辺邸の隠し部屋に幽閉されていたのをお助けいたしましたの。――まあ、栖空辺という名前自体、あなたの出鱈目《でたらめ》かもしれませんけれど。

茉莉花さんの顔を間近で確認していただくために、『取り替え子《チェンジリング》』で一時的に別の姿になっていただいていたのですわ。――荒事が起こる可能性も考えられたので、わたくしのお友だちの中でもっとも頑強な方に髪の毛をお借りしましたの」

――さて、と狂三は茉莉花を見つめた。

「詰《チエック・メイト》みですわ、茉莉花さん。まだ申し開きがあるのでしたらお聞きいたしますけれど」

「ぐ……ッ、ううう……ッ！」

茉莉花は髪を搔《か》き毟《むし》りながら、悔しげな呻《うめ》き声を上げた。

だがその声は、やがて哄笑《こうしょう》へと変じていった。

「ふ……ふふふ、ははは……おーっほっほ！」

茉莉花は大きく息を吐くと、憂鬱そうな仕草で髪をかき上げた。

「ああ、ああ……さすがですわね、狂三さん。あたくしが探偵役に見込んだだけのことはありますわ」

「茉莉花さん。あなたは一体なぜ、こんなことを？」

「……あたくしが魔術師の末裔、というのは嘘《うそ》ではありませんわよ。まあ、そこのお嬢様の家のように、数多《あまた》の魔術工芸品《アーティファクト》を保有している名家というわけではありませんでしたけれど」

「つまり、魔術工芸品《アーティファクト》を奪い、家の力を増すため――ということですの？」

狂三が問うと、茉莉花は遠い目をしながら自嘲気味に笑った。

「結果的にそうなることは否定いたしません。けれど、それはあくまで副次的なものですわ。

あたくしは――そう、狂三さん、あなたになりたかったのですわ」

「……どういうことでして？」

怪訝《けげん》そうに眉根を寄せながら狂三が言うと、茉莉花《まつりか》は可笑《おか》しそうに肩をすくめた。

——それは、遠い記憶である。

まだ幼かった頃。茉莉花は一人、薄暗い廃工場の中で震えていた。

否、一人——というのは語弊があるだろうか。茉莉花の周囲には、茉莉花をここに連れてきた男たちの姿があったのだから。

そう。力はほとんど失われていたものの、魔術師の末裔であった茉莉花は、あるとき誘拐事件に巻き込まれてしまったことがあったのである。

誘拐犯は、ＤＥＭとかいう会社の手の者だった。詳しい事情は知らなかったけれど、どうやら茉莉花の父がＤＥＭの要求に応じなかったことで、茉莉花が狙われたのだという。

交渉が決裂したなら、茉莉花は殺されてしまうかもしれない。幼い茉莉花は、ただただ身を震わせることしかできなかった。

だが、そんなときだ。

廃工場の中に影が広がったかと思うと、その中から一人の少女が現れ、男たちを影の中に引きずり込んでいったのである。

（え——）

男たちの悲鳴が響くの中、茉莉花は目を丸くしていた。

すると、赤と黒のドレスを纏った少女が、ゆらりと茉莉花の方に視線を送ってきた。

(あらあら……DEMの方々がこんなところで何をしているのかと思えば。随分と可愛らしい迷子がいらっしゃいますわね)

少女はそう言うと、茉莉花を脅かすように凄絶な笑みを浮かべた。

(きひひひひ。顔を見られてしまいましたわねぇ。さて、どういたしましょうか――)

茉莉花の記憶はそこで途絶え――

次に目を覚ましたときには、病院のベッドの上だった。

「あなたはきっと覚えていないでしょう。もう一〇年以上前のことになりますもの。けれど、あたくしにとってあの日の出来事は、その後の人生を変えるに値する鮮烈な体験だったのですわ」

「……話が見えませんわね。なんのことですの?」

「狂三さん。いえ、精霊〈ナイトメア〉。あたくしは、かつて精霊であったあなたに会ったことがあるのですわ」

「――」

茉莉花の言葉に、狂三は目を丸くした。

茉莉花が、どこか恍惚《こうこつ》とした様子で続ける。

「その人知を超えた力に、その恐ろしいほどの美しさに、あたくしは虜《とりこ》になりました。そうしてあたくしは思ったのです。――あたくしも、『ああ』なりたいと。

その日から、あたくしは精霊について、魔術について調べ尽くしました。あたくしは己《おの》が身を精霊とするために、魔術の秘奥《ひおう》を求めたのですわ」

「…………、なるほど。精霊になるため、ですの」

狂三は陰鬱そうに息を吐くと、やれやれと頭を振った。

「夢を壊すようで申し訳ありませんけれど、そういいことばかりではありませんわよ」

「それでも。憧れは止められないのですわ。――これ以上が知りたいのならば、どうぞご自由にお調べくださいまし。『ウルズの時計』を使えば、容易《たやす》いことでしょう？」

「『ウルズの時計』？　ああ……」

狂三は半眼を作りながら肩をすくめた。

「あれは贋物ですわ」

「……は？」

茉莉花が、ぽかんと口を開ける。その表情が妙に可笑しくて、狂三はふっと吹き出してしまった。

「なんてお顔をされていらっしゃいますの。あなたの見込み通りですわよ。――いえ、贋物、というのも正確かどうかはわかりませんわね。何しろ真作が本当に存在するのかも定《さだ》かではありませんし」

狂三の言葉に、茉莉花はようやく察したらしい。深く息を吐き、やれやれと頭を振る。

「……なるほど。完全に担《かつ》がれたというわけですわね。――このオークション自体が、あなたの仕込みであったというわけですか、狂三さん」

「ご名答、ですわ。本物のお嬢さんとわたくしの知人に協力を要請し、用意していただきました。本日の出品物は、全て精巧に作られた贋物。あなたの矛盾を誘うための舞台装置ですわ」

「ふ、ふふふ……参りましたわ。これは、役者が違いますわね」

茉莉花は笑いながら言うと、「でも」と続けた。

「まさかこれで終わり――とは、思っておられませんわよね？」

「なんですって？」

狂三が眉をひそめると、茉莉花は楽しげに笑みを浮かべた。

「いけませんわ狂三さん。高らかに犯人を断定し、推理を披露するのは、完全に相手を無力化したあとでないと。犯人が奥の手を隠し持っているかもしれないのですから」

言って茉莉花が、懐《ふところ》から小さな指輪を取り出す。

状況からして、それがなんらかの魔術工芸品《アーティファクト》であることは間違いないだろう。狂三は表情に警戒の色を滲《にじ》ませた。

「茉莉花さん、あなた──」

「うふふ、ふふふ」

茉莉花はニッと唇を三日月の形にすると、その指輪を指に填めた。

すると次の瞬間、茉莉花の姿が霞《かすみ》のように掻《か》き消《き》え、見えなくなってしまった。

その力、その特徴には覚えがあった。渋面を作りながら喉を絞る。

「『ギュゲスの指輪』……！」

そう。栖空辺《すからべ》家の目録に記されていた魔術工芸品《アーティファクト》の一つ。身に着けた者の姿を見えなくする代物である。他の魔術工芸品《アーティファクト》とともに散逸していたのだと思っていたが、どうやら茉莉花が隠し持っていたらしい。──恐らく、こういった事態に備えて。

「ごきげんよう、狂三さん。きっとまた、お会いいたしましょう。今度はあたくしが精霊となったあとで」

どこからか、茉莉花の声が響いてくる。けれどその姿はもう、微《かす》かな揺らぎさえも感じ取ることはできなかった。

このままでは、茉莉花は逃げおおせてしまうだろう。もし仮に茉莉花の姿を捉えられたとしても、今の狂三では、徒手格闘に長《た》けた彼女を組み伏せることは難しい。そうこうしている間にも、彼女は悠然と会場を去ってしまうに違いなかった。

「…………」

けれど。狂三は慌てなかった。

理由は二つ。

一つは、仮にも探偵を名乗った以上、慌てふためいた姿を見せるわけにはいかなかったから。

もう一つは——そろそろ時間だったからだ。

「——推理の時は、既に刻まれていますわ」

狂三《くるみ》は右手を掲げると、人差し指と親指を立てた。

まるで、手で銃の形を模すかのように。

「残念ですわ、茉莉花さん。あなたが罪を認めて大人しく捕まってくださるならば、あなたを助ける備えもしていたのですけれど」

狂三はそう言うと、虚空《こくう》に向かって銃を撃つような仕草をした。

次の瞬間。

「ぐ……っ⁉　が、あ……ッ――」

会場のどこからか苦悶《くもん》の声が響いたかと思うと、何もない場所から血がしぶき、何者かが倒れるような鈍い音がした。

「こ……れ、は……一体……何を……！」

苦しげな茉莉花の声が、床の方から響いてくる。

狂三は悠然と、銃口に見立てた人差し指の先をふうと吹いた。

「このような大がかりな舞台を用意するだけの時間があったことを重く見るべきでしたわね。――かつてあなたがやったことを、再現してみせたまでですわ」

「ま、さか……」

茉莉花が、何かに気づいたように声を上げる。

狂三は、大仰にうなずいた。

「この結果は、三三時間四〇分前から決定していました。

――『魔弾』。ひとたび放たれたなら、対象に当たるまで止まることのない魔性の弾。

たとえ相手が地球の裏側にいようと。

たとえ相手が――透明になっていようと」

「な……」

狂三の言葉に、茉莉花が掠《かす》れた声を漏らす。

「『魔弾』……!? そんな、一体いつ――」

そこで、茉莉花が息を詰まらせた。

恐らく、思い出したのだろう。今から三三時間四〇分前、狂三と茉莉花が何をしていたのかを。

――そう。時崎《ときさき》探偵社から出た茉莉花が、車に乗り込もうとしたそのとき。

二階の小窓から茉莉花を呼び止めた狂三は、壁に隠れた右手で、『魔弾』の装塡された銃を構えていたのである。

「あのときの車のクラクションは、まさか」

「ええ。銃声を隠すために、タイミングを見計らって鳴らしていただいたものですわ」

狂三が大仰にうなずくと、茉莉花は意味がわからないといった様子で呻いた。

「どうして、あたくしが『ギュゲスの指輪』を持っていると知って……」

「買いかぶりですわよ。今のわたくしに、未来予知などできはしません。ただ、持ちうる手を全て打っていただけ。そしてそのうちの一つが、効果を発揮してくれただけですわ」

狂三は声のする方向に歩みを進めながら、続けた。

「ところで茉莉花さん。気を失われる前に『ギュゲスの指輪』を外しておくことをおすすめいたしますわ。昨日わたくしが狙ったのは右足。すぐさま命に関わる傷ではないはずですけれど、あなたの姿が見えないままでは、手当もままなりませんので」

「く……」

茉莉花は悔しげに呻くと、会場の床に姿を現し——そのまま、気を失った。

◇

——果たして、栖空辺邸《てい》襲撃事件はその幕を下ろした。

茉莉花の身柄は信頼できる協力者が預かってくれることとなった。魔術工芸品《アーティファクト》の存在を詳《つまび》らかにできない以上、公権力に頼るわけにはいかなかったのである。

依頼人がいなくなった以上、長いようで短かった狂三の探偵ごっこもこれにて終幕。狂三は普通の大学生に戻り、今まで通り『内職』に精を出す生活に戻ることになるだろう。

「……いざお別れとなると、名残惜しいものですわね」

駅前の雑居ビル二階に位置する時崎探偵社のオフィスで椅子に腰掛けながら、狂三は感慨深げにふうと息を吐いた。

栖空辺邸襲撃事件が解決し、スポンサーもいなくなった今、この事務所を維持し続ける意味もない。狂三は私物の回収と最後の大掃除のために、ここを訪れていたのである。

半ば無理矢理始めさせられた探偵業ではあったけれど、なんだかんだでこの事務所には愛着が湧いていたらしい。備え付けられていた机に指を這《は》わせながら、空になった本棚を眺める。

「ふう――」

狂三はもう一度吐息を零《こぼ》すと、視線を順繰りに巡らせて、部屋の奥にあるものをちらと見やり、身体の動きを止めた。

そこには、先日のオークションで最後に出品された『精霊の衣』が、無言の存在感を放っていたのである。

狂三がこれまで手に入れてきた魔術工芸品《アーティファクト》は、真の持ち主である女の子に返却されたのだが、この『精霊の衣』は本当にただの服だったため、ここに置かれていたのである。

「……まったく。こんなところに置いていかれても困るのですけれど」

狂三はため息を吐《つ》くと、しばしのあと、もう一度その服をちらと見た。

「…………」

誰もいないオフィスの中、影と血で染め抜かれたようなドレスが、赫々《かっかく》たる偉容を放っている。その懐《なつ》かしい様に、狂三は心の表面にざわりとさざ波が立つのを感じた。

「……今なら誰も見ていませんし」

狂三は言い訳のようにぽつりと呟《つぶや》くと、辺りの様子を窺《うかが》うようにしながら服を脱ぎ、そのレプリカを身に着けていった。

「……ふむ。なかなかいい生地を使っておられますわね。ブーツもきちんとした造りですし、デザインもかなり正確ですわ。まあ、『わたくしたち』は精霊の中でも目撃例が多い方でしたし、魔術師の末裔《まつえい》であれば写真の一枚くらい手に入ったのかもしれませんけれど――」

と。

「――失礼します。時崎狂三さんがこちらにいらっしゃると伺《うかが》ったのですが」

狂三が衣装を身に着け終わったところで、不意に事務所の扉が開いた。

そこにいたのは、分厚い眼鏡をかけた小学生くらいの女の子だった。見覚えのある顔。

――魔術師の末裔にして、魔術工芸品《アーティファクト》の真の持ち主である。

「あ」

「あ」

女の子と狂三は視線を合わせると、どちらからともなく声を上げた。

しばしの沈黙ののち、女の子が申し訳なさそうに頭を下げる。

「……失礼しました。また改めます」

「ちょっと待ってくださいまし！　何か勘違いしておられますわね⁉」

狂三は声を裏返らせると、立ち去ろうとする女の子を必死に止めた。

「いえ。すみません。趣味の時間を邪魔してしまって。わたしの用件は本当にあとで大丈夫ですので……」

「だから、そうではなく！　これは……ちょっと試しに着てみただけですわ！」

「でも」

「いいから！　入ってくださいまし！」

狂三は自棄《やけ》気味に叫ぶと、女の子を事務所に招き入れた。本当は着替えてから応対したいところだったが、仕方あるまい。頬を赤くしながらも女の子の方を向く。

「……それで、何かご用でして？」

「はい。実は狂三さんに、一つお願いがあって来ました」

「お願い？　なんですの？」

狂三の問いに、女の子はこくりとうなずいた。

「――狂三さんに、この時崎探偵社を続けてほしいんです」

「なんですって？」

狂三は、訝《いぶか》しげに眉根を寄せた。

「どういうことですの？　襲撃犯である茉莉花さんは捕まりましたわ。もうわたくしはお役御免のはずでしょう？」

「その件に関しては、感謝の言葉もありません。でも、当家の蔵から散逸してしまった魔術工芸品《アーティファクト》は、まだ市井《しせい》に多数残ったままです。

もちろん回収は進めるつもりですが、なにぶん数が多いため、行方がわからないものも出てくるでしょうし、返却を拒否される可能性も否定できません。あとは、わたしが辿《たど》り着《つ》く前に、魔術工芸品犯罪《アーティファクト・クライム》が起こってしまう可能性も。

そういった事態に備えて、狂三さんには探偵を続けていただきたいんです。もちろん相応の報酬はお支払いしますし、必要な費用は当家が全て負担します。どうか、お願いできないでしょうか」

年齢に似合わぬしっかりした調子でそう言って、女の子が頭を下げる。

腕組みしながら話を聞いていた狂三は、「――なるほど」と言葉を零した。

「確かに道理ですわね。散逸した魔術工芸品《アーティファクト》がまだ残っている以上、それに対応するための拠点を残しておくのは合理的判断ですわ。――ですが、その役をわたくしが受け負うかどうかは別の話では？」

「……その通りです」

女の子は肩を窄《すぼ》めながら言うと、何気ない動作でポケットからスマートフォンを取り出し、レンズを狂三に向けて画面をタップした。カシャッというカメラのシャッター音が、事務所内に響き渡る。

「狂三さんが嫌だと言うなら、強要はできません」

「ちょっと待ってくださいまし。今何を撮られましして？」

「わたしにできることは、誠心誠意お願いをすることだけです……」

神妙な表情をしながら、女の子が画面を向けてくる。そこには、赤と黒のドレスを纏《まと》った狂三《くるみ》の姿が、しっかり収められていた。

「まだ幼いのになかなか神経の太い方ですわね？」

狂三は頬に汗を垂らすと、やれやれと息を吐いた。

「……写真を消してくださいまし。少し意地悪をしただけですわ。そんな駆け引きをせずとも、お受けいたしましてよ」

「……！　本当ですか？」

女の子がパァッと表情を明るくする。狂三は静かに首肯した。

「ええ。——どちらにせよ、散逸した魔術工芸品《アーティファクト》は捜し出して回収するつもりでしたし」

「え？」

「こちらの話ですわ」

狂三は誤魔化すように言うと、すっと右手を差し出した。

「それでは、改めて。これからよろしくお願いいたしますわ」

「──はいっ！」

女の子は笑顔を作ると、狂三の手を握ってきた。

狂三はそれを握り返しながら、ふっと頰を緩めた。

「さあ──わたくしたちの推理を始めましょう」

あとがき

初めましての方は初めまして。お久しぶりの方はお久しぶりです。橘《たちばな》公司《こうし》です。『魔術探偵《まじゅつたんてい》・時崎狂三《ときさきくるみ》の事件簿《じけんぼ》』をお送りいたしました。いかがでしたでしょうか。お気に召したなら幸いです。

たぶんほとんどの方はご存じかと思いますが、本作は『デート・ア・ライブ』というシリーズに登場する時崎狂三というキャラクターを主人公に据《す》えた短編集です。最初は独立した本にすると決まっていたわけではないのですが、気づいたらこういった形になっていました。ふしぎだ……

そもそもの出自がファンタジーなので、タイトルに事件簿と銘打《めいう》たれてはいるものの、ミステリというよりはトンデモな話となっておりますが、こういうものが生まれるのもライトノベルという土壌《どじょう》のいいところかなと思っております。

ちなみに狂三といえば左目の時計がトレードマークなのですが、本編終了後のお話のため、目は元に戻ってしまっています。いやだいいやだい表紙に時計が欲しいんだい！と駄々を捏《こ》ねたところ、イラストレーターのつなこさんが素晴らしい表紙を描いてくださいました。やはり狂三には時計がよく似合います。そうは思いませんこと？

さて今回も、多くの方のお陰で本を出すことができました。

イラストレーターのつなこさん。デザイナーの草野《くさの》さん。担当氏。いつも本当にお世話になっております。今回も素晴らしい仕事をありがとうございます。

編集、出版、流通、販売など、この本に関わってくださった全ての方々。そして今この本を手にとってくださっているあなたに、心よりの感謝を。

特殊な出自の本ではありますが、皆様の応援があったら、もしかしたらまたお会いできることがあるやもしれません。そのときは何卒よろしくお願いします。

二〇二三年九月　橘　公司

The artifact crime files
kurumi tokisaki

初出

Case File I
狂三ディテクティブ
ドラゴンマガジン2022年9月号

Case File II
狂三ドール
ドラゴンマガジン2023年7月号

Case File III
狂三リストランテ
ドラゴンマガジン2023年9月号

Case File IV
狂三シークレットガーデン
ドラゴンマガジン2023年11月号

Case File V
狂三オークション
書き下ろし

富士見ファンタジア文庫

魔術探偵《まじゅつたんてい》・時崎狂三《ときさきくるみ》の事件簿《じけんぼ》

令和5年10月20日　初版発行

著者――橘《たちばな》　公司《こうし》

発行者――山下直久

発　行――株式会社KADOKAWA

〒102-8177

東京都千代田区富士見2-13-3

0570-002-301（ナビダイヤル）

印刷所――株式会社暁印刷

製本所――本間製本株式会社

ISBN978-4-04-075182-5 C0193　◇◇◇

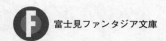